诗
想
者

HIPOEM

在夜晚的高原上

当代诗人十二家

Zai Yewan De Gaoyuan Shang

刘春◎主编

GUANGXI NORMAL UNIVERSITY PRESS
广西师范大学出版社
·桂林·

图书在版编目（CIP）数据

在夜晚的高原上：当代诗人十二家 / 刘春主编．
桂林：广西师范大学出版社，2017.3（2018.9 重印）
ISBN 978-7-5495-9559-4

Ⅰ．①在… Ⅱ．①刘… Ⅲ．①诗集－中国－
当代 Ⅳ．①I227

中国版本图书馆 CIP 数据核字（2017）第 036115 号

广西师范大学出版社出版发行
（广西桂林市五里店路 9 号 邮政编码：541004
网址：http://www.bbtpress.com）
出版人：张艺兵
全国新华书店经销
广西广大印务有限责任公司印刷
（桂林市临桂县秧塘工业园西城大道北侧广西师范大学出版社集团
有限公司创意产业园 邮政编码：541100）
开本：650 mm × 960 mm 1/16
印张：27.5 字数：320 千字
2017 年 3 月第 1 版 2018 年 9 月第 2 次印刷
印数：3 001~5 000 册 定价：58.00 元

目录

CONTENTS

于坚

王小妮

王家新

汤养宗

陈东东

李元胜

娜夜

小海

胡弦

池凌云

西渡

杜涯

于坚

1954年生于昆明。1970年开始写作，持续近四十年。1980年开始摄影。

著有长诗《〇档案》《飞行》，诗集《诗六十首》《于坚的诗》《对一只乌鸦的命名》《诗集与图像》《只有大海苍茫如幕》《便条集》《彼何人斯》《我述说你所见》，散文集《人间笔记》《火车记》《云南这边》《相遇了几分钟》，文集《于坚集》五卷，随笔集《于坚随笔选》四卷，长篇散文《印度记》《众神之河》《昆明记》，摄影与散文合集《暗盒笔记》《暗盒笔记 2》，诗论《还乡的可能性》《为世界文身》，摄影集《岩石大象档案》以及纪录片《碧色车站》《故乡》等四十余种。

曾获台湾《联合报》14届新诗奖，台湾《创世纪》诗杂志四十年诗歌奖，鲁迅文学奖，朱自清散文奖，中华书局、中国诗词学会“2015新诗贡献奖”。诗选集《〇档案》（德文版）获德国亚非拉文学“感受世界”亚非拉优秀作品第一名，诗集《被暗示的玫瑰》（法文版）入围法国2016年“发现者诗歌奖”，诗集《便条集》（英文版）入围2011年度美国BTBA最佳图书翻译奖、入围2013年美国北卡罗来纳州文学奖。系列摄影作品获2013年美国国家地理杂志全球摄影大赛中国赛区华夏典藏金框奖。纪录片《碧色车站》入围阿姆斯特丹国际纪录片银狼奖单元。

现居昆明。云南师范大学文学院教授。

作品16号

雪来了　门躲着
一切都很温暖
有一些事要静静地想想
一些过去和将来的事情
现在也没有一封回信
邮递员是个绿色的男人
他送报纸送彩色画报
我给过他许多邮票许多信封
现在也没一封回信
这是一个结婚的年头
许多人收到过红纸的请柬
也许我应该结婚了
像朋友们一样
去旅行　在春天的北方
一首五十行的诗里
我歌唱过那里的白杨
有些甜蜜　有些辛酸　有些茫然
从前我在工厂的时候
喜欢和小雷一起看电影
记不得是哪一幕　他悄悄地哭过
隔壁的女人回家了
她轻轻地钻进被窝
像一只温柔的母猫（我猜）

雪一样轻的叹息
雪一样厚的墙壁
她的丈夫是个炮兵
今年夏天在二楼　我见过他们
雪睡了　夜有一个白色的枕头
寒风吹亮了月光
十二月默默地站在街上
有些甜蜜　有些辛酸　有些茫然

1983

河　流

在我故乡的高山中有许多河流
它们在很深的峡谷中流过
它们很少看见天空
在那些河面上没有高扬的巨帆
也没有船歌引来大群的江鸥
要翻过千山万岭
你才听得见那河的声音
要乘着大树扎成的木筏
你才敢在那波涛上航行
有些地带永远没有人会知道
那里的自由只属于鹰
河水在雨季是粗暴的
高原的大风把巨石推下山谷
泥巴把河流染红
真像是大山流出来的血液
只有在宁静中
人才看见高原鼓起的血管
住在河两岸的人
也许永远都不会见面
但你走到我故乡的任何一个地方
都会听见人们谈论这些河
就像谈到他们的神

1983

作品57号

我和那些雄伟的山峰一起生活过许多年头
那些山峰之外是鹰的领空
它们使我和鹰更加接近
有一回我爬上岩石垒垒的山顶
发现故乡只是一缕细细的炊烟
无数高山在奥蓝的天底下汹涌
面对千山万谷　我一声大叫
想听自己的回音　但它被风吹灭
风吹过我　吹过千千万万山冈
太阳失色　鹰翻落　山不动
我颤抖着贴紧发青的岩石
就像一根被风刮弯的白草
后来黑夜降临
群峰像一群伟大的教父
使我沉默　沿着一条月光
我走下高山
我知道一条河流最深的所在
我知道一座高山最险峻的地方
我知道沉默的力量
那些山峰造就了我
那些青铜器般的山峰
使我永远对高处怀着一种
初恋的激情

使我永远喜欢默默地攀登
喜欢大气磅礴的风景
在没有山冈的地方
我也俯视着世界

1984

高　山

高山把影子投向世界
最高大的男子也显得矮小
在高山中人必须诚实
人觉得他是在英雄们面前走过
他不讲话　他怕失去力量
诚实　就像一块乌黑的岩石
一只鹰　一棵尖叶子的幼树
这样你才能在高山中生存
在山顶上走
风暴　洪水和闪电
都是高山中不朽的力量
他们摧毁高山
高山也摧毁他们
他们创造高山
高山也创造他们
在高山上人是孤独的
只有平地上才挤满炊烟
在高山中要有水兵的耐性
波浪不会平静　港口不会出现
一摇一晃之间
你已登上峰顶
或者堕入深渊
一辈子也望不见地平线

要看得远　就得向高处攀登
但在山峰你看见的仍旧是山峰
无数更高的山峰
你沉默了　只好又往前去
目的地不明
在云南有许多普通的男女
一生中到过许多雄伟的山峰
最后又埋在那些石头中

1984

尚义街六号

尚义街六号
法国式的黄房子
老吴的裤子晾在二楼
喊一声　胯下就钻出戴眼镜的脑袋
隔壁的大厕所
天天清早排着长队
我们往往在黄昏光临
打开烟盒　打开嘴巴
打开灯
墙上钉着于坚的画
许多人不以为然
他们只认识凡·高
老卡的衬衣　揉成一团抹布
我们用它拭手上的果汁
他在翻一本黄书
后来他恋爱了
常常双双来临
在这里吵架　在这里调情
有一天他们宣告分手
朋友们一阵轻松　很高兴
次日他又送来结婚的请柬
大家也衣冠楚楚　前去赴宴
桌上总是摊开朱小羊的手稿

那些字乱七八糟
这个杂种警察一样盯牢我们
面对那双红丝丝的眼睛
我们只好说得朦胧
李勃的拖鞋压着费嘉的皮鞋
他已经成名了　有一本蓝皮会员证
他常常躺在上边
告诉我们应当怎样穿鞋子
怎样小便　怎样洗短裤
怎样炒白菜　怎样睡觉　等等
八二年他从北京回来
外衣比过去深沉
他讲文坛内幕
口气像作协主席
茶水是老吴的　电表是老吴的
地板是老吴的　邻居是老吴的
媳妇是老吴的　胃舒平是老吴的
口痰烟头空气朋友　是老吴的
老吴的笔躲在抽桌里
很少露面
没有妓女的城市
童男子们老练地谈着女人
偶尔有裙子们进来

大家就扣好纽子
那年纪我们都渴望钻进一条裙子
又不肯弯下腰去
于坚还没有成名
每回都被教训
在一张旧报纸上
他写下许多意味深长的笔名
有一人大家都很害怕
他在某某处工作
“他来是有用心的，
我们什么也不要讲！”
有些日子天气不好
生活中经常倒霉
我们就攻击费嘉的近作
称朱小羊为大师
后来这只手摸摸钱包
支支吾吾　闪烁其词
八张嘴马上笑嘻嘻地站起
那是智慧的年代
许多谈话如果录音
可以出一本名著
那是热闹的年代
许多脸都在这里出现

今天你去城里问问
他们都大名鼎鼎
外面下着小雨
我们来到街上
空荡荡的大厕所
他第一回独自使用
一些人结婚了
一些人成名了
一些人要到西部
老吴也要去西部
大家骂他硬充汉子
心中惶惶不安
吴文光　你走了
今晚我去哪里混饭
恩恩怨怨　吵吵嚷嚷
大家终于走散
剩下一片空地板
像一张空唱片　再也不响
在别的地方
我们常常提到尚义街六号
说是很多年后的一天
孩子们要来参观

1985

那时我正骑车回家……

那时我正骑车回家
那时我正骑在明晃晃的大路
忽然间　一阵大风裹住了世界
太阳摇晃　城市一片乱响
人们全都停下　闭上眼睛
仿佛被卷入某种不可预知的命运
在昏暗中站立　一动不动
像是一块块远古的石头　彼此隔绝
又像是一种真相
暗示着我们如此热爱的人生
我没有穿风衣　也没有戴墨镜
我无法预测任何一个明天
我也不能万事俱备再出家门
城市被卷进了天空
我和沙粒一起滚动
刚才我还以为风很遥远
或在远方的海上
或在外省的山中
刚才我还以为
它是在长安
在某个年代吹着渭水
风小的时候
有人揉了揉眼睛

说是秋天来了
我偶尔听到此话
就看见满目秋天
刚才我正骑车回家
刚才我正骑在明晃晃的大路
只是一瞬　树叶就落满了路面
只是一瞬　我已进入秋天

1986

整个春天

整个春天我都等待着他们来叫我
我想他们会来叫我
整个春天我惴惴不安
谛听着屋外的动静
我听见风走动的声音
我听见花蕾打开的声音
一有异样的响动
我就跳起来打开房门
站在门口久久张望
我想他们会来叫我
母亲觉察我心绪不宁
温柔地望着我
我无法告诉她一些什么
只好接过她递给我的药片
我想他们会来叫我
这是春天　这是晴朗的日子
鸟群衔着天空在窗外涌动
我想他们会来叫我
直到风已经从树上离去
直到花儿已经被人摘走
直到有人敲响了我的房门
我才明白
我早已被他们出卖

1986．9于太原

在漫长的旅途中

在漫长的旅途中
我常常看见灯光
在山冈或荒野出现
有时它们一闪而过
有时老跟着我们
像一双含情脉脉的眼睛
穿过树林跳过水塘
蓦然间　又出现在山冈那边
这些黄的小星
使黑夜的大地
显得温暖而亲切
我真想叫车子停下
朝着它们奔去
我相信任何一盏灯光
都会改变我的命运
此后我的人生
就是另外一种风景
但我只是望着这些灯光
望着它们在黑暗的大地上
一闪而过　一闪而过
沉默不语　我们的汽车飞驰
黑洞洞的车厢中
有人在我身旁熟睡

1986. 10

有一回　我漫步林中……

有一回　我漫步在林中
阴暗的树林　空无一人
突然　从高处落下几束阳光
几片金黄的树叶　掉在林中空地
停住不动　我感觉有一头美丽的小鹿
马上就会跑来　舔这些叶子
没有鹿　只有几片阳光　掉在林中空地
我忽然明白　那正是我此刻的心境
仿佛只要我一伸手
就能永远将它捕获

1987. 9

作品104号

那时我的鞋带松了
就在人行道边坐下
很偶然地　我发现一种风景
我坐在人行道上　默默地看
从前我总是匆匆而过
被一种类似河水的力量冲走
一条鱼　现在成了河岸的石头
人们停下来　望着我
汽车停下来　望着我
一个简单的动作　改变了一条大街
或许　还改变了世界
人们望着我　那么多眼睛
像鱼鳞在黑布上闪动
使我不寒而栗
以至我心虚地回过头去　看看后面
看看我之外是否还有别的什么
只有我　就是我
坐在人行道上
在垃圾桶和梧桐树之间
从来没有人坐过的地方
像是在人群中走着走着
忽然疯掉　变成了一只猩猩

1987. 11. 21

某 夜

我高坐山冈
俯视着巨大的夜晚
世界现在取下了面具
露出黑黝黝的头颅
我捧住这颗伟大的果子
想弄开它的硬壳
看看里面是些什么

我明白自己无能为力
像一只远古的猴子
无法画出那个字母
默默地蹲在一块石头上
望着永恒的天空

巨大的夜晚
我高坐山冈
回忆英雄的童年时代
许多坚硬的核桃
被我轻松地掰开

1988. 4. 8

对一只乌鸦的命名

从看不见的某处
乌鸦用脚趾踢开秋天的云块
潜入我的眼睛上垂着风和光的天空
乌鸦的符号　黑夜修女熬制的硫酸
嗞嗞地洞穿鸟群的床垫
堕落在我内心的树枝
像少年时期在故乡的树顶征服乌鸦
我的手再也不能触摸秋天的风景
它爬上另一棵树　要把另一只乌鸦
从它的黑暗中掏出
乌鸦　在往昔是一种鸟肉　一堆毛和肠子
现在　是叙述的愿望　说的冲动
也许　是厄运当头的自我安慰
是对一片不祥阴影的逃脱
这种活计是看不见的　比童年
用最大胆的手　伸进长满尖喙的黑穴　更难
当一只乌鸦　栖留在内心的旷野
我要说的　不是它的象征　它的隐喻或神话
我要说的　只是一只乌鸦　正像当年
我从未在一个鸦巢中抓出过一只鸽子
从童年到今天　我的双手已长满语言的老茧
但作为诗人　我还没有说出过　一只乌鸦

深谋远虑的年纪　精通各种灵感　词格和韵脚
像写作之初　把笔整支地浸入墨水瓶
我想　对付这只乌鸦　词素　一开始就得黑透
皮　骨头和肉　血的走向以及
披露在天空的飞行　都要黑透
乌鸦　就是从黑透的开始　飞向黑透的结局
黑透　就是从诞生就进入永恒的孤独和偏见
进入无所不在的迫害和追捕
它不是鸟　它是乌鸦
充满恶意的世界　每一秒钟
都有一万个借口　以光明或美的名义
朝这个代表黑暗势力的活靶　开枪
它不会逃到乌鸦以外
飞得高些　僭越鹰的座位
或者矮些　混迹于蚂蚁的海拔
天空的打洞者　它是它的黑洞穴　它的黑钻头
它只在它的高度　乌鸦的高度
驾驶着它的方位　它的时间　它的乘客

在它的外面　世界只是臆造
只是一只乌鸦无边无际的灵感
你们　辽阔的天空和大地　辽阔之外的辽阔
你们　于坚以及一代一代的读者

都是一只乌鸦巢中的食物

我断定这只乌鸦　只消几十个单词　就能说出
形容的结果　它被说成一只黑箱
可是我不知道谁拿着箱子的钥匙
我不知道谁在构思一只乌鸦藏在黑暗中的密码
在第二次形容中它作为一位裹着绑腿的牧师出现
这位圣子正在天堂的大墙下面　寻找入口
可我明白乌鸦的居所　比牧师　更挨近上帝
或许某一天它在教堂的尖顶上
已窥见过那位拿撒勒人的玉体
当我形容乌鸦是永恒黑夜饲养的天鹅
一群具体的鸟　闪着天鹅之光
正焕然飞过我身旁那片明亮的沼泽
这个事实立即让我丧失了对这个比喻的全部信心
我把“落下”这个动词安在它的翅膀之上
它却以一架飞机的风度“扶摇九天”
我对它说出“沉默”　它却伫立于“无言”
我看见这只无法无天的巫鸟
在我头上的天空牵引着一大群动词　乌鸦的动词
我说不出它们　我的舌头被这些铆钉卡住
我看着它们在天空急速上升　跳跃
下沉到阳光中　又聚拢在云之上

自由自在　变化组合着乌鸦的各种图案

那日我像个空心的稻草人　站在空地
所有心思　都浸淫在一只乌鸦之中
我清楚地感觉到乌鸦　感觉到它黑暗的肉
黑暗的心　可我逃不出这个没有阳光的城堡
当它在飞翔　就是我在飞翔
我又如何能抵达乌鸦之外　把它捉住
那日　当我仰望苍天　所有的乌鸦都已黑透
餐尸的族　我早就该视而不见　在故乡的天空
我曾一度捉住它们　那时我多么天真
一嗅着那股死亡的臭味　我就惊惶地把手松开
对于天空　我早就该只瞩目于云雀　白鸽
我生来就了解并热爱这些美丽的天使
可是当那一日　我看见一只鸟
一只丑陋的，有乌鸦那种颜色的鸟
被天空灰色的绳子吊着
受难的双腿　像木偶那么绷直
斜搭在空气的坡上
围绕着某一中心　旋转着
巨大而虚无的圆圈
当那日　我听见一串串不祥的叫喊
挂在看不见的某处

我就想　说点什么
以向世界表明　我并不害怕
那些看不见的声音

1990. 2

怒　江

大怒江在帝国的月光边遁去
披着豹皮 黑暗之步避开了道路
它在高原上张望之后
选择了边地 外省 小国 和毒蝇
它从那些大河的旁边擦身而过
隔着高山　它听见它们在那儿被称为父亲
它远离那些隐喻　远离它们的深厚与辽阔
这条陌生的河流　在我们的诗歌之外
在水中　干着把石块打磨成沙粒的活计
在遥远的西部高原
它进入了土层或者树根

1990. 8

被暗示的玫瑰

被暗示在我们的院子里作为一株玫瑰
一座小花园给它这样的暗示
一幢黄房子的百叶窗给它这样的暗示
我们总是在五月的一天嗅到某种气味
总是在这一天的傍晚堕入情网
我们仿佛听到了蜜蜂的嗡嗡
看到了鸟和园丁
我们喃喃自语　把姑娘叫作玫瑰
它被暗示在我们院子里作为一株玫瑰
虽然在那儿在一堆砖头和几丛杂草之间
从未滋生过玫瑰这种植物

1991

在牙科病室

一些与诗歌有关的句子
在一位患者尖叫时出现
那时我正在牙科诊所候诊
病室外面的长走廊　患者相依而坐
有人来自外地　有人是附近的居民
大家正被一个共同的愿望主宰
医生叫他进去　疼痛立即解除

犹如玻璃的表面
突然间　呈现的不再是现实
而是毛细血管　皮肤和油脂
是玻璃对现实的过敏　它的荨麻疹
它的晶体状鸡皮疙瘩
此事不可告人　此时此地
叫喊　公认就是疼痛

荨麻疹转瞬即逝　我得赶紧些
把这些汉语记下来　向右手边的牙龈炎患者
借来他填写病历本的钢笔　一次杰作的开始
吃得太多的中年人　正捂着一半腮帮　不能言语
他有些迷惑　在这种地方　这么多的灾难
这么多已经烂掉的牙
噢　在这个痛苦的世界上

一支笔　又派得上什么用场？

我像间谍那样　匆匆地记下了这些神秘的符号
他看不懂　我也无法将此事说清
诗歌　对这些病人　你叫我如何开口？
幸而我还有点权利　保持沉默
潜伏在一群病人中间
做与疾病毫不相干的事　并且自鸣得意

1995年再改旧作

在深夜　云南遥远的一角

在深夜　云南遥远的一角
黑暗中的国家公路　忽然被汽车的光
照亮　一只野兔或者松鼠
在雪地上仓皇而过　像是逃犯
越过了柏林墙　或者
停下来　张开红嘴巴　诡秘地一笑
长耳朵　像是刚刚长出来
内心灵光一闪　以为有些意思
可以借此说出　但总是无话
直到另一回　另一只兔子
在公路边　幽灵般地一晃
从此便没有下文

1999. 10. 29

阳光破坏了我对一群树叶的观看

阳光破坏了我对一群树叶的观看
单纯的树　树生长于树之中
但阳光在制造一棵树的区别
同一整体的叶子　被它分裂成阴暗的区域
明亮的区域　半明半暗的区域
像一头君临水池的狮子　整一的金黄色卷毛
并未涂抹出整一的图像
是阳光而不是狮子　在四月蓝色的天空中
行使太阳在晴朗时刻的权力
一棵具体的桉树消失了　现在
“一棵树不止是一棵树”
那从大地升起到天空中的金字塔形木料
至少有三种象征　暗示光明或者黑暗
告密者和叛徒　在二者之间　摇摆

1994．4

我一向不知道乌鸦在天空干些什么

我一向不知道乌鸦在天空干些什么　书上说它在飞翔
现在它还在飞翔吗　当天空下雨　黑夜降临
让它在云南西部的高山　引领着一群豹子走向洞穴吧
让这黑暗的鸟儿　像豹子一样目光炯炯　从岩石间穿过
我一向不知道乌鸦在天空干些什么
但今天我在我的书上说　乌鸦在言语

1994

舅 舅

星期二　大街畅通的上午
菊花　如期出现在郊区的几个公园
舅舅不能再去看了　去年在黑龙潭的树下
我帮他把风吹掉的灰呢帽　捡起来
他的腰已经失效　我母亲坐在石凳上削宝珠梨
现在他躺在火葬场的大厅里　一个玻璃罩子下面
眼睛飞走了　留下两个空掉的鸟巢
嘴唇下沉　牙齿停靠在最后一站
他位居中央　大人物的位置
他是怎么爬进去的　哦
死神仁慈　不再计较尊卑
七十三年中　也就是这半个小时
然后就灰飞烟灭　不在了
算是不错　许多人暴尸荒野
没有一个显贵在场　都是些没有发言权的
老百姓　心脏干旱的姨妈　摇摇欲坠的姐姐
和唠叨的妹妹　如释重负的儿媳妇　老儿子
不知所措　感情麻木　半截香烟熄灭在嘴边
已故妻子那边的亲人　不远不近　站在一旁
一群老鸽子围着遗体鞠躬　绕着走一圈　就算了
无神论时代的葬礼　没有牧师　道士
通常都是有关部门致悼词
他的领导者没有到场　来过一个电话

说是　要开会　亲属们临时让长女
说两句　女人只是哽咽着　拼命揉眼睛
讲不出话　这一项空缺　令我们这些亲人
必须自己为他的一生　找个说法　在心里
那个早晨　武成路的铺子　刚刚开门
他出现在世界上　经过米店　去裁缝铺
黄金少年郎　身高一米八　相貌英武
垂杨系马　高楼猜拳
多少淑女被惊动　垂下眼帘
过后又回头瞟一眼　都想嫁他
也曾藏在人群后面　窥视市长的车队
生出过彼可取而代也的念头
无从考证了　什么也没有发生
逆来顺受的窝囊废
滔滔天下　小人得志　只剩下向上爬一条路
他背道而驰　沉默寡言
用一生　来坚持着
“老实”
他并不孤独　明月春天　鸟鸣高处
在另一个部门　他姐姐坚持着善良
他妹妹坚持着温柔　他弟弟不会告密
朋友刘关张　一辈子对友谊忠心耿耿
子女们很孝顺　时代对这些评价很低

看不见的小节　历史忽略不计
女儿很惭愧　小声向来宾解释着
“领导有事情来不了　但送了
花圈”　那花圈我看见了　写着
熊洸同志安息　还斟酌词句　连“千古”
都没舍得用　这是他的
一生　念出来　不到一百个汉字
银行干事　为爱情自动离职　临时工
1968 年因历史问题被下放
当过几天文书　三级锻工
退休金 400 多元　没有房子
住在女儿家里　积蓄为 0
我舅妈死于 15 年前　喜欢猫
喜欢烫头　爱嚼松子　医院里的一个
老护士　他来到世界上　只是为了
憨笑着　把一切咽下去
人民这个大枕头里面的　一丝
填充物　有他不多　但也不能少
不是同性恋　不是犹太人
对各种规章制度　从不阳奉阴违
也不是虎视眈眈的积极分子
政治学习经常忘记通知他
人家知道　他的任何念头

都不会对制度或座次构成威胁
良民　每天黄昏　坐在矮凳子上
稍稍地喝一杯白酒　脸膛通红
任何一只路过的狗　都可以当他的领导
谁把他的一生弄成这样　社会　婚姻
他自己？　死生有命　真不好说
正确的一生是什么？　晚年他在翠湖公园
舞剑　总有围观者　二三
我向他深鞠一躬　白花没有戴好
别针戳到皮　有点疼
记得 1967 年某日下午
未来的诗人　跟着他舅舅
路过五一电影院
我突然向街心伸出好奇的鹿脖子
张望子弹　情急之下
舅舅一掌将我打倒　那一夜
少年我　记恨着母亲的哥哥
第一次长出了胡须和脑袋
哦　他的一生
不足为训　只是
延续了一个可有可无的传统
做过一个舅舅该做的那些
保持了外甥　对舅舅这个方向的

信赖　尊重和
略带咸涩的泪珠

2003. 7. 3

多年前我们心心相印……

多年前我们心心相印
在黑暗中秘密通信
字迹潦草　暗语无法辨认
总是能混过单位的收发室
与地下的犀牛们接头
灵魂光辉楚楚　一触即发
如今声名显赫　诗集再版
肉体倒塌　懒洋洋拿起电话
刚刚拨出号码　厌倦已经得手
过去永远空号　明天总是忙音
啊　多年前我们喊一声就汇合了
经过广场　大笑着　像同性恋人亲密依偎
恶毒的妙语一句接着一句
攻击着独眼巨人　我们说：闪电！
它即刻猫腰去拾碎玻璃
老旅馆外面的空地上站着梧桐树
从来没有熟人入住
多年前我们有过同一个故乡
撒尿时集体向星空张望
如今世事茫茫
有只宽脸的猫在月光下奔过街道
它的眼睛像冶金学校那个杏乡来的丫头
歪头瞅了大门一眼　跟着老巫婆走了

2005

只有大海苍茫如幕

春天中我们在渤海上
说着诗　往事和其中的含意
云向北去　船往南开
有一条出现于落日的左侧
谁指了一下
转身去看时
只有大海满面黄昏
苍茫如幕

2005. 7

芳　邻

房子还是这么矮
樱花树已长得高高
向着晴朗朗的蓝天
亮出一身活泼泼的花
就像那些清白人家
在闺房里养出了会刺绣的好媳妇
这是邻居家的树啊
听春风敲锣打鼓
正把花枝送向我的窗户

2009. 9. 5

主宰落日

此番带回一只陶罐
不知道以前盛过什么
泉水　泔水　眼泪　雨
孔雀王朝的圆？ 漏掉了
被新德里的厨房抛弃　就要跟着水
重返无形的泥土 被我捡来
置于客厅一隅　略低于我
高于其他东西　我因此
显露了暗藏着的统治者天赋
我的统治为统治者们不屑
主宰一只陶罐　不是它早已失踪的用途
是这个略扁的浑圆　这表面的裂纹
这暗红色　这恒河平原
灰尘中的落日

2016. 5

一只乌鸦站在夜晚的高原上

一只乌鸦站在夜晚的高原上
黑暗军团的包围　使它相形见绌
接近黑暗但不是　它一生都将被组织拒绝
它没有飞走　就像那些无法进入天堂的恶棍
只是飞离柏树　落到桉树之上

2016. 3

王小妮

1955年生于长春市。曾在农村插队，1978年春考入吉林大学中文系。1985年迁居深圳。出版有诗集《我的纸里包着我的火》《致另一个世界》《月光》等，随笔集《上课记》《上课记（二）》《看看这世界》等，小说集《1966年》《方圆四十里》《人鸟低飞》等。其作品曾获得多种文学奖和图书奖。

不认识的就不想再认识了

到今天还不认识的人
就远远地敬着他。
三十年中
我的朋友和敌人都足够了。

行人一缕缕地经过
揣着简单明白的感情。
向东向西
他们都是无辜。
我要留出我的今后
以我的方式
专心地去爱他们。

谁也不注视我。
行人不会看一眼我的表情。
望着四面八方。
他们生来就是单独的一个
注定向东向西走。

一个人掏出自己的心
扔进人群
实在太真实太幼稚。

从今以后
崇高的容器都空着。
比如我
比如我荡来荡去的
后一半生命。

1988. 8

台 风

我看见南面的海，呼叫着
涉水而来的黑狮子们
正竖起生满白牙的鬃毛。

我看见全天下
侧起身，雀跃着去响应它。
所有的树都在吸气。
大地吃惊地弯曲
日月把光避向西北。

我看见不可阻挡。
水和天推举出分秒相接的君主。
多么隆重
去陡立的雷电身上快速行走。

山被削成泥
再削成雨。
遍地翻开金色的水毡。
君主驾着盛大的狮队。
城市赶紧挑起它的死头颅。

在颤动的世界上
终于看见了隐藏已久的疯子。

心里有不安翻卷
我要立刻倾斜着出门。

海，抬起连着天的脚上岸了。
一瞬间迈过了
含羞草一样的危城。
狮皮还在大洋里
鬼魂从水的内核中钻出。
只有等到风雨扑过来的时候
我才能看清万物。

活着，就是要等一场台风
等待不可知的登门。
从今天以后
要贴着白沙滑动的海岸飞。
等台风再起
等着会见不可能。

1993. 4

看到土豆

看到一筐土豆
心里跟撞上鬼一样高兴。
高兴成了一个
头脑发热的东北人。
紧盯着它们的五官
要把发生过的事情找出来。

偏偏是那种昂贵的感情
迎面拦截我。
是那种不敢深看的光
一层层降临。
身上严密的缝线都断了。
想马上停下来
把整个我停下来。
向烟瘾大的人要一支烟
要他最后的那一支。

没有什么打击
能超过一筐土豆的打击
回到过去有多难。
可是今天
我偏偏会见了土豆。
一下子踩到了
木星正着着火的光环。

1993

出门种葵花

春天就这样像逃兵溜过去了
路人都还穿着去年的囚衣。
太阳千辛万苦
照不绿全城。

一条水养着黄脸的平原
养着它种了田又作战
作了战再种田。
前后千里
不见松不见柳不见荷不见竹。

我不相信
那个荷兰人
会把金黄的油彩用尽。
我们在起风的傍晚出门
给灰沉的河岸
加一点活着的颜色。

种子在布袋里着急。
我走到哪儿
哪儿就松软如初。
肥沃啊
多少君王在脚下

睡烂了一层层锦绣龙袍。

在古洛阳和古开封之间
我们翻开疆土
给世人种一片自由的葵花看看。

2003

西瓜的悲哀

付了钱以后
这只西瓜像蒙了眼的囚徒跟上我。

抱上汽车啊
一生没换过外衣的家伙
不长骨头却有太多血的家伙
被无数的手拍到砰砰成熟的家伙。

我们在中途改变了方向
总有事情不让人回家。
生命被迫延长的西瓜
在车厢里难过地左右碰壁。
想死想活一样难
夜灯照亮了收档的刀铺。
西瓜跟上我
只能越走越远
我还要用所有的手
稳住它这充血的大头。

无缘无故带着一只瓜赶路
事情无缘无故地指使着我们。

2003. 5

晚上的海被我看见

南海上升起夜晚的怨气。
哪个可怜的人
情愿领养这样皱纹密布的老母亲。
在蓝天白云以后
还要留下来守护黑暗。

唱颂歌的人都躲藏得很深。
沙子下面还是沙子
苦下面还是苦。
海面晃动起最后一点点月光
它就是深渊
深渊原来也要穿件素雅的衣裳。

不敢再向前了
苦涩不可能走远。
巨大不安的黑色复仇者
葬身给它的人
一排一排挺身而出
吐出不很白的牙。

悲剧不肯谢幕。
坏事情从来就是一架永动机。
究竟该怎么样熬过海边的深夜。

2003. 5

雪后的山西变厚了

我出门
看见世界就这样变了。

雪把好东西降下来
山西像一座没人碰过的银矿。
车身披了上好的羊毛毡
黑汽车一夜间换成了白汽车。
热的馍双双贴在怀里
行路人的神色突然庄重了。

静静的一夜
一层雪变成了两层雪。
一张纸币送出去又收回来
无数次精抚细摸
它黏黏的厚过了三张纸币。

太阳升上来就落下去
天空因为寒冷变得很窄
煤层空着肚子托起井底下的人。
大地也像一张用久了的钱
再三被人摩挲
显得格外格外值钱。

一个敏感如我的人
心里随时生风生刺的人
怎么能长久待在这日落之地
我的天啊。

2003. 5

在夜航飞机上看见海

什么都变小了
只有海把黑夜的皮衣
越铺越开。

一路向北飞
右下方见到天津
左下方见到北京
左右俯看有两团飞蛾扑着火。

这时候东海突然动了
风带起不能再碎的银片
又密又多的皱纹抽起来。
我看见了海的脸
苍老的海岸
哆哆嗦嗦把人间抱得那么紧。

我见过死去
没见过死了的又这样活过来。

2004

11月里的割稻人

从广西到江西
总是遇见躬在地里的割稻人。

一个省份又一个省份
草木黄了
一个省份又一个省份
这个国家原来舍得用金子来铺地。

可是有人永远在黄昏
像一些弯着的钉子。
谁来欣赏这古老的魔术
割稻人正把一粒金子变成一颗白米。

不要像我坐着车赶路
好像有什么急事
一天跨过三个省份
偶尔感觉到大地上还点缀了几个割稻人。

要过去喊他们一声。
看看那些含金量最低的脸
看看他们流出什么颜色的汗。

2004. 2

喜鹊只沿着河岸飞

那只喜鹊不肯离开水。
河有多长
它的飞行就有多长。

负责报喜的喜鹊
正划开了水
它的影子却带着坏消息。
好和坏相抵
这世上已经没有喜鹊
只剩下鸟了。

黑礼服白内衣的无名鸟
大河仰着看它滑翔。
人间没什么消息
它只能给鱼虾做个信使。

连一只喜鹊都叛变了。
我看见叛徒在飞
还飞得挺美。

2004

深夜的高楼大厦里都有什么

可以没有人，但是不能没有电。
电把梯子送上去
再把光亮送上去
把霓虹灯接到天上。

人们造好高楼大厦
赶紧接通了电就撤退了。
让它独自一个站在最黑暗的前线
额头毒亮毒亮
像个壮丁，像个傻子
像个自以为是的当代英雄。
浑身佩戴闪闪的奖章，浑身连着炸药
浑身跑着不断向上的血。

而现在我抖开烫过的床单
我灭了所有的灯。
高楼大厦们亮得要死
我去吃闭眼睛的药。
这一生能做个睡着了的人
已经无限无限美好。

2005

你找的人不在

他根本不在。
其他的都在，只是你要的不在。

有东风进来
有小昆虫进来
星光像刚刚磨碎了的面粉。
西红柿成熟了的橙黄色进来。
海马从落地窗最低的缝隙间游进来。
陌生人经过，不知名的烟草香味透进来。

我这儿从来没这么满过。
什么都有，什么都不缺少
温暖和友善们四处落座。

我们不在同一个世界
四月是隔绝的屏风
所以，你只有原路退回
你找的人他绝不会在。

2005

致正在建造的木船

搁浅的大鱼倒立着
骨架侧在沙上
有人敲打它全身的白骨。

木船哦木船
还没点睛的空眼眶
人将是它肚子里唯一的食物
我们被它咬得好紧。
鱼一上岸就死了
只有它正密谋着重生。

致砸墙者

不知疲倦地，敲击，敲击，敲击
不把我从人间挖出去不肯停手。
这是最后的救援吗？

如果他们一直干下去
说不定咕咚一声，露出头顶的天
一定不是京戏里咿咿唱出的那个苍天。

让我加入你们，创造那空空荡荡
用我命里最后的力气，加入这敲击。
尘土覆盖水泥的旷野
遍地立着仰望者，人人手握工具。

致不认识的鸟

失眠，鸟们开始叫了
很多很多的喙
在心的四周啄洞。
天亮还早，它们争着喊叫
磷火，跳灯，豆苗，皮鼓
有一只真木讷，好像在敲木梆子。

灵光擦动的树影
敲木梆的最卖力，无论多么黑。
带翅膀的老汉
不肯对人间喊一声平安无事。

月光白得很

月亮在深夜照出了一切的骨头。

我呼进了青白的气息。
人间的琐碎皮毛
变成下坠的萤火虫。
城市是一具死去的骨架。

没有哪个生命
配得上这样纯的夜色。
打开窗帘
天地正在眼前交接白银
月光使我忘记我是一个人。

生命的最后一幕
在一片素色里静静地彩排。
月光来到地板上
我的两只脚已经预先白了。

2003

意 外

月亮意外地把它的光放下来。
温和的海岛亮出金属外壳
土地显露了藏宝处。

试试落在肩上这副铠甲
寒光上没一点声响。
在银子的碎末里越走越陷
能摸到亮的这一夜总该做点儿什么。

凶相借机躲得更深了
伸手就接到光
软软的怎么看都不像匕首。

执灯人

月光正来到这孤独的海岛。
连绵的山头一个个亮了
一个个胖墩似的执灯人
一个接一个慢吞吞地传递
看上去那灯很有些分量。

守在窗口，隔一会，忍不住看一眼
那浩浩荡荡的光明队列
好像和我有关
好像我还有机会加入
好像我也有机会去端一下那高处的光亮。

好像还懵懵懂懂有妄想。

仇 恨

没有月亮的这一夜，什么都出来了。
太白星和大熊星座
神仙和猛兽远远地躲着喘气。

一个念头
草棚下走出蓬头的少年。

喷水磨刀，月黑风高
拇指再三试过那一条光
猛地起身，白晃晃的什么也不怕。
究竟是什么仇哦
等不及披件素白衣
等不及月光照上红土路。

白动物

月亮凑过来
门前的软毡上
耷着白的狐狸的皮。

隐藏得很好
装死也要装得逼真
多少人进出，它动也不动
踩它踏它都能忍住。

看上去多温顺。
鼻尖发凉，影子刚涂了毒
伤口流着白
漫山遍野都是它的毛发
活着呢。

忏　悔

月光
从老木板缝漏下
落在大雷雨后的最湿处
亮光光晃人眼。

泥土跟着水走
收了手的驼背银矿主
后身闪烁有乌光。
他凑过去亲那正流着的土
被无数手翻捣无数遍的烂泥亮光光。

忽然他想亲上一夜，不是亲一下。
无限拉长的一夜
牛皮筋似的。
天光浅淡
流水漫过他躬身入土的轮廓。

砍　羊

傍晚，有人在十字路口砍羊。
人行道上立着那羊的头
有卷毛的脑瓜
刚离开的身体还在抽动。
拿斧子的要路人相信他刚杀了一只真羊。

碎骨和肉屑，红的流星在飞。
圆月躲得最远
现在天上更安全。
羊血像多条跑远的蚯蚓
路面上所有的红色都在这会儿变暗。

后来，街灯照着滚起肉味的尘土
烤羊腿的烟雾上升。
越来越洁白哦
那只羊的头
独自戳在风一遍遍掀过的月亮地上。

过去多久了，这是

他说，十年没见过月亮了
不是它没有，是没什么时间去望天。
刚这么一说，他就去世了
然后，又过去了十年
实在太快了，快步如飞，飞得残忍。

今夜，最想告诉他
有他和没他，一切都淡得没趣。
太阳和月亮忙进忙出
都是小事情
不管过去了多么久多么久多么久。
可你快转身来看一下
海面上激灵激灵的那条泥猛*的白
就在盐光的上面。

*泥猛，海鱼。

王家新

诗人、批评家、翻译家，1957 年生于湖北丹江口，高中毕业后下放劳动，“文革”结束后考入武汉大学中文系。现为中国人民大学文学院教授。著有诗集《纪念》《游动悬崖》《王家新的诗》《未完成的诗》《塔可夫斯基的树》，诗论随笔集《人与世界的相遇》《夜莺在它自己的时代》《没有英雄的诗》《为凤凰找寻栖所》《雪的款待》《在你的晚脸前》《黄昏或黎明的诗人》，翻译集《保罗·策兰诗文选》《带着来自塔露萨的书：王家新译诗集》《新年问候：茨维塔耶娃诗选》《我的世纪，我的野兽：曼德尔施塔姆诗选》《死于黎明：洛尔迦诗选》，编选有《20 世纪外国诗人论诗》《当代欧美诗选》《叶芝文集》《中国诗歌：九十年代备忘录》《中外现代诗歌导读》等。

蝎　子

翻遍满山的石头
不见一只蝎子：这是小时候
哪一年、哪一天的事？
如今我回到这座山上
早年的松林已经粗大，就在
岩石的裂缝和红褐色中
一只蝎子翘起尾巴
向我走来

与蝎子对视
顷刻间我成为它脚下的石沙

1987

什么地方

山谷中充满了雪，岩石开始裸露
就在我们去年走过的地方
开出了杜鹃

一声鸟鸣，廓开了整个天空
我们对尚未到来的事物说
来吧！我们在这里

生命是一道山坡
向阳的地方辉耀着阳光，那样明亮
但是现在
我们被冬天的精神充满
我们仍在山谷里走着

不知从什么时候开始
也从不到达

1988

一个劈木柴过冬的人

一个劈木柴过冬的人
比一阵虚弱的阳光
更能给冬天带来生气

一个劈木柴过冬的人
双手有力、准确
他进入事物，令我震动、惊悚

而严冬将至
一个劈木柴过冬的人，比他肩胛上的冬天
更沉着，也更
专注

——斧子下来的一瞬，比一场革命
更能中止
我的写作

我抬起头来，看他在院子里起身
走动，转身离去
心想：他不仅仅能度过冬天

1989. 11

瓦雷金诺叙事曲

——给帕斯捷尔纳克

蜡烛在燃烧，
冬天里的诗人在写作；
整个俄罗斯疲倦了，
又一场暴风雪
止息于他的笔尖下；
静静的夜，
谁在此时醒着，
谁都会惊讶于这苦难世界的美丽
和它片刻的安宁；
也许，你是幸福的——
命运夺去一切，却把一张
松木桌子留了下来，
这就够了。
作为这个时代的诗人已别无他求。
何况还有一份沉重的生活，
熟睡的妻子，
这个宁静冬夜的忧伤，
写吧，诗人，就像不朽的普希金
让金子一样的诗句出现，
把苦难转变为音乐……
蜡烛在燃烧，
蜡烛在松木桌子上燃烧；
突然，就在笔尖的沙沙声中

出现了死一样的寂静
——有什么正从雪地上传来，
那样凄厉，
不祥……
诗人不安起来。欢快的语言
收缩着它的节奏。
但是，他怎忍心在这首诗中
混入狼群的粗重鼻息？
他怎能让死亡
冒犯这晶莹发蓝的一切？
笔在抵抗，
而诗人是对的。
我们为什么不能在这严酷的年代
享有一个美好的夜晚？
为什么不能变得安然一点，
以我们的写作，把这逼近的死
再一次地推迟下去？
闪闪运转的星空，
一个相信艺术高于一切的诗人，
请让他抹去悲剧的乐音！
当他睡去的时候，
松木桌子上，应有一首诗落成，
精美如一件素洁绣品……

蜡烛在燃烧，
诗人的笔重又在纸上疾驰，
诗句跳跃，
忽略着命运的提醒。
然而，狼群在长啸，
狼群在逼近；
诗人！为什么这凄厉的声音
就不能加入你诗歌的乐章？
为什么要把人与兽的殊死搏斗
留在一个睡不稳的梦中？
纯洁的诗人！你在诗中省略的，
会在生存中
更为狰狞地显露，
那是一排闪光的狼牙，它将切断
一个人的生活，
它已经为你在近处张开。
不祥的恶兆！
一首孱弱的诗，又怎能减缓
这巨大的恐惧？
诗人放下了笔。
从雪夜的深处，从一个词
到另一个词的间歇中，
狼的嗥叫传来，无可阻止地

传来……
蜡烛在燃烧，
我们怎能写作？
当语言无法分担事物的沉重，
当我们永远也说不清，
那一声凄厉的哀鸣
是来自屋外的雪野，还是
来自我们的内心……

1989年冬

楼 梯

每当我
踏上这危险的楼梯，以缓慢的步子
盘旋，到达
并点亮灯

如同模仿一种仪式，再次回来
依然被这楼梯
在黑暗中领着
只是在门口不再掏出钥匙
而是举起手来

敲门
仿佛有谁正等着我
也许，在屋子里的
是一个多年前的自己
会把黑暗打开

1990，北京和平门旧居

转 变

季节在一夜间
彻底转变
你还没有来得及准备
风已扑面而来
风已冷得使人迈不出院子
你回转身来，天空
在风的鼓荡下
出奇地发蓝

你一下子就老了
衰竭，面目全非
在落叶的打旋中步履艰难
仅仅一个狂风之夜
身体里的木桶已是那样的空
一走动
就晃荡出声音

而风仍不息地从季节里穿过
风鼓荡着白云
风使天空更高、更远
风一刻不停地运送着什么
风在瓦缝里，在听不见的任何地方
吹着，是那样急迫

剩下的日子已经不多了
落叶纷飞
风中树的声音
从远方溅起的人声、车辆声
都朝着一个方向

如此逼人
风已彻底吹进你的骨头缝里
仅仅一个晚上
一切全变了
这不禁使你暗自惊心
把自己稳住，是到了在风中坚持
或彻底放弃的时候了

1990

访杜依诺城堡

似乎当年诗人发出的呼喊
仍悬在这半山腰上
没有回应

没有骤起的狂风
天使也不会突然
向我们袭来

游客们在古堡里上上下下
无人能够进入那样的存在

诗，是一种气候
是一阵风暴
来把我们摇撼
为了它那
灾难般的果实

而现在
我们只是在享受
它那风光宜人的九月！

2012. 9. 意大利的里雅斯特，杜依诺城堡

在韩国安东乡间

——给黄东奎先生 *

谢谢你，先生，
谢谢你对我的诗伸出的
那根有力的大拇指。
你比我年长 20 岁，可是你的眼光
仍是那么敏锐。
你的额头在六月的光中闪亮，
我相信那即是智慧。
我们并排在山间走着，
我可以听到，我们经历的时间
就在我们彼此的身体中晃荡。
我们这是在韩国东部的乡间吗？
那只满山青翠中的鹧鸪，
怎么听也都是我在童年时听到的那一只。
我们登上屏山书院古老的台阶，
正值野栗树开花时节，
这石头有多光亮我的心就有多光亮，
这庭院有多荒凉我的心就有多荒凉；
当年的诵读声已化入河畔的细沙，
我们路过的疤结累累的松树
仍在流着脂泪。
你说你在翻译杜甫，
你问我“吴楚东南坼”是什么意思，
我说那是两个国家的骨肉分离，但它也在我们的身体中留下了一种永久的疼。
但是现在山风拂面，在枣花的清香中，
我不忍去谈我们的那些经历，
不谈雾霾，不谈毒龙，也不谈
我为何写下那首“瓦雷金诺叙事曲”……
我们并排走着，伴着清泉潺潺，
好像受苦者也终会有所安慰；
（路边的桑葚落了一地）
你说明天你还会和我们一起去看海，
我说下次你来中国，我陪你去岳阳楼吧，
我也从未去过那里。我不知道
它给我们准备的是什么样的风景，
但到了那里，我想我们都会流泪的——
当我们开始一步步登临，
当一种伟大的荒凉展现在我们面前。

2014. 6

*黄东奎（1938— ），韩国著名诗人。

卡夫卡

我建筑了一个城堡
从一个滚石的梦中；我经历了审判
并被无端地判给了生活
我的乡村之夜踟蹰不前，我的布拉格
自一个死者的记忆开始

而为什么我的父亲一咳嗽
天气就变坏，我不能问
我一问在我的日记中就出现乌云
徒劳的反抗使我虚弱下来
于是有时我就想起中国的长城

现在，饥饿仍是我的命运
我能做的，只是坚持到最后一刻
因此世界本身并不荒谬
尤其是当一位美丽的女性照耀着你时
为什么你我不能达到赞美？

我将离去，仅仅由于我的呼吸
我的变黑的肺，我比医生更知道于此
这是我自己的秘密，但这是否
我一生的罪？我已无力再问
我已不能从我的失败中再次开始

我的写作摧毁了我！
我知道它的用心，而生活正模仿它
更多的人在读到它时会变成甲虫
在亲人的注视下痛苦移动——
我写出了流放地，有人就永无归宿

因此，最后的日子已经来到
朋友，请替我烧掉我的这些书——
看在“上帝”的分上！记住，这是我
一生中最不轻易喊出的一个词
而这却是一个最后的时刻

1990—1992

日　记

从一棵茂盛的橡树开始，
园丁推着他的锄草机，从一个圆
到另一个更大的来回；
整天我听着这声音，我嗅着
青草被刈去时的新鲜气味，
我呼吸着它，我进入
另一个想象中的花园，那里
青草正吞没着白色的大理石卧雕，
青草拂动，这死亡的爱抚，
胜于人类的手指。

醒来，锄草机和花园一起荒废，
万物服从于更冰冷的意志；
橡子炸裂之后，
园丁得到了休息；接着是雪，
从我的写作中开始的雪；
大雪永远不能充满一个花园，
却涌上了我的喉咙，
季节轮回到这白茫茫的死。
我爱这雪，这茫然中的颤栗；我忆起
青草呼出的最后一缕气息……

1992. 10. 比利时根特

传 说

——给杨键

在安徽当涂，我很难相信李白
就埋在这里的青山下；
纵然人们很早就修造了墓园，
纵然我在诗人之墓前停下的那一刻，
也曾感到了
一种千古悠悠的孤寂。

而接下来，在采石矶，
在临江而起的悬崖上，看到“诗人捞月处”，
我相信了这个传说。
我相信了这个传说，如同我感到了
某种让我惊异的冲动，
不是因为醉酒，
更不是出于幻觉。

归来，
坐大巴穿过村镇；
在尘灰和泥土里生活的百姓，
在屋檐下，或在突突冒烟的拖拉机上
失神地望着远道的访客。
我看着他们，我相信了这个传说。
我相信了这个传说，
如同我在这颠簸的尘埃飞扬的路上，

在一阵揪心的悲痛中，
再一次相信了贫困、孤独
和死亡。

我相信了这个传说，月亮
就为我徐徐移近。

我们的一生，
都在辨认
一种无名的面容。

2005. 11

布罗茨基之死

在一个人的死亡中，远山开始发蓝
带着持久不化的雪冠；
阳光强烈，孩子们登上上学的巴士……
但是，在你睁眼看见这一切之前
你还必须忍受住
一阵词的黑暗。

1996. 2

尤金，雪

雪在窗外愈下愈急。
在一个童话似的世界里不能没有雪。
第二天醒来，你会看到松鼠在雪枝间蹦跳，
邻居的雪人也将向你伸出拇指，
一场雪仗也许会在你和儿子之间进行，
然而，这一切都不会成为你写诗的理由，
除了雪降带来的寂静。
一个在深夜写作的人，
他必须在大雪充满世界之前
找到他的词根；
他还必须在词中跋涉，以靠近
那扇唯一的永不封冻的窗户，
然后是雪，雪，雪。

1996. 3. 美国尤金

旅行者

他在生与死的风景中旅行，
在众人之中你认不出他；
有时在火车上，当风起云涌，我想
他会掏出一个本子；或是
在一个烛火之夜，他的影子
会投在女修道院雪白的墙壁上。

蚂蚁会爬上他的脸，当他的
额头光洁如沙。
他在这个世界上旅行，旅行，或许
他还在西单闹市的人流中系过鞋带；
而当他在天空中醒来时，
我却在某个地下餐厅喝多了啤酒。

七年了，没有一个字来，
他只是远离我们，旅行，旅行；
或许他已回到但丁那个时代，
流亡在家乡的天空下；或许突然间
他出现在一个豁然开阔的谷口——
当大海闪光，白帆点点在望，
他来到一个可以生活的地方。

七年了，我的窗户一再蒙上白霜，
我们的炉火也换成了暖气——为了
不在怀念中生活？而我一如既往，
上班、写作、与朋友聚会……
只是孤身一人时我总有些害怕；
我怕一个我不再认识的人突然敲门。

1997

第四十二个夏季

1

夏季即将过去。
蟋蟀在夜里、在黑暗中唱它最后的歌。
秋凉来到我的院子里，而在某处，
在一只已不属于我的耳朵里，
蝉鸣仍在不懈地
丈量一棵老榆树的高度。

2

夏季即将过去，
它的暴力留在一首膨胀的诗里。
整个夏天我都在倾听，
我的耳朵聋了，仍在倾听；
先是艳俗的蛙歌，然后是蚊虫，尖锐的
在耳边嗡嗡作响的痛苦；
现在，我听到蟋蟀振翅，在草棵间，
在泥土的黑暗里，
几乎表达了一种愤怒。

3

夏季即将过去，
生命中的第四十二个夏季过去而我承认
除了肉体的盲目欲望我从生活中
什么也没有学到。
现在，我走入蟋蟀的歌声中，
我仰望星空——伟大的星空，是你使我理解了
一只小小苍蝇的痛苦。

1999. 9. 昌平上苑

八月十七日，雨

雨已下了一夜，雨中人难眠
雨带来了盛夏的第一阵凉意
雨仍在下，从屋檐下倾下
从石阶上溅起，从木头门缝里朝里漫溢

向日葵的光辉在雨中熄灭
铁在雨中腐烂
小蛤蟆在雨中的门口接连出现
而我听着这雨
在这个灰蒙蒙的低垂的早晨
在这座昏暗、清凉的屋子里
在我的身体里，一个人在哗哗的雨声中
出走
一路向南

向南，是雨雾笼罩的北京，是贫困的早年
是雨中槐花焕发的清香
是在风雨中骤然敞开的一扇窗户
是另一个裹着旧雨衣的人，在胡同口永远消失
（下水道的水声仍响彻不息）
是受阻的车流，是绝望的雨刮器
在倾盆大雨中来回晃动

就在一个人死后多年，雨下下来了

雨泼溅在你的屋顶上，雨
将你的凝望再一次打入泥土
雨中，那棵开满沉重花朵的木槿剧烈地摇晃
那曾盛满夏日光辉的屋子
在雨中变暗

每年都会有雷声从山头上响起
每年都有这样的雨声来到我们中间
每天都有人在我们之中死亡

雨中的石头长出了青苔

2001. 8. 昌平上苑

简单的自传

我现在写诗
而我早年的乐趣是滚铁环
一个人，在放学的路上
在金色的夕光中
把铁环从半山坡上使劲往上推
然后看着它摇摇晃晃地滚下来
用手猛地接住
再使劲地往山上推
就这样一次，又一次——

如今我已写诗多年
那个男孩仍在滚动他的铁环
他仍在那面山坡上推
他仍在无声地喊
他的后背上已长出了翅膀
而我在写作中停了下来
也许，我在等待——
那只闪闪发亮的铁环从山上
一路跌落到深谷里时
溅起的回音？

我在等待那一声最深的哭喊

2004

晚年的帕斯

去年他眼睁睁地看着
傍晚的一场大火
烧掉了他在墨西哥城的家
烧掉了他一生的珍藏
那多年的手稿和未完成的诗
那古老的墨西哥面具
和毕加索的绘画
那祖传的家具和童年以来
所有的照片、信件
那欢乐的拱顶，肋骨似的
屋椽，一切的一切
在一场冲天而起的火中
化为灰烬

那火仍在烧
在黑暗中烧
烧焦了从他诗中起飞的群鸟的翅膀
烧掉了一个人的前生
烧掉了多年来的负担
也烧掉了虚无和灰烬本身
人生的虚妄、爱欲
和未了的雄心
都在一场晚年的火中噼啪作响

那救火的人
仍在呛人的黑暗中呼喊
如影子一般跑动

现在他自由了
像从一场漫长的拷打中解脱出来
他重又在巴黎的街头坐下
落叶在脚下无声地翻卷
而他的额头，被一道更遥远的光照亮

2004

田园诗

如果你在京郊的乡村路上漫游
你会经常遇见羊群
它们在田野中散开，像不化的雪
像膨胀的绽开的花朵
或是缩成一团穿过公路，被吆喝着
滚下尘土飞扬的沟渠

我从来没有注意过它们
直到有一次我开车开到一辆卡车的后面
在一个飘雪的下午
这一次我看清了它们的眼睛
（而它们也在上面看着我）
那样温良，那样安静
像是全然不知它们将被带到什么地方
对于我的到来甚至怀有
几分孩子似的好奇

我放慢了车速
我看着它们
消失在愈来愈大的雪花中

2004

柚　子

三年前从故乡采摘下的一只青色柚子
一直放在我的书架上
现在它变黄了
枯萎了
南方的水份
已在北方的干燥中蒸发

但今天我拿起了它
它竟然飘散出一缕缕奇异的不散的幽香
闻着它，仿佛有一个声音对我说话
仿佛故乡的山山水水
幼年时听到的呼唤和耳语
一并化为涓涓细流
向我涌来，涌来

恍惚间
我仍是那个穿行在结满累累果实的
柚子树下的孩子
身边是嗡嗡唱的蜜蜂
远处是一声声鹧鸪
而一位年轻母亲倚在门口的笑容
已化为一道永恒的
照亮在青青柚子上的光

2005

夜行火车

那是从前，当我乘坐火车时
总是不能入睡，总是在夜半醒来
在满车厢的鼾声中
看车窗外偶尔的灯火像海涛一样飞过
一个人坐在窗前
久久地，任凭窗帘拂动

现在我一爬上我的铺位就睡
随身带的书没读到几行
便从手中滑落下
似有一阵浓雾从大海深处向我袭来
无思，连梦也没有
在哐哐作响的车厢的拉动声中
像一具尸体一样被运送

而那个临窗而坐的青年仍在那里
一个人，仍怀着
人生第一次远航般的激动
我醒来看到了他
（我也许是最后一次看到他）
却在支起身子的一瞬，被一只手
从黑暗中沉沉拉下

2005

桔　子

整个冬天他都在吃着桔子，
有时是在餐桌上吃，
有时是在公共汽车上吃，
有时吃着吃着
雪就从书橱的内部下下来了；
有时他不吃，只是慢慢地剥着，
仿佛有什么在那里面居住。

整个冬天他就这样吃着桔子，
吃着吃着他就想起了在一部什么小说中
女主人公也曾端上来一盘桔子，
其中一个一直滚落到故事的结尾……
但他已记不清那是谁写的。
他只是默默地吃着桔子。
他窗台上的桔子皮愈积愈厚。

他终于想起了小时候的医院床头
摆放着的那几个桔子，
那是母亲不知从什么地方给他弄来的；
弟弟嚷嚷着要吃，妈妈不让，
是他分给了弟弟；
但最后一个他和弟弟都舍不得吃，
一直摆放在床头柜上。

（那最后一个桔子，后来又怎样了呢？）

整个冬天他就这样吃着桔子，
尤其是在下雪天，或灰蒙蒙的天气里；
他吃得特别慢，仿佛
他有的是时间，
仿佛，他在吞食着黑暗；
他就这样吃着、剥着桔子，抬起头来，
窗口闪耀雪的光芒。

2006. 2. 望京慧谷阳光

在纽约州上部

在纽约州上部，
在一个叫汉密尔顿的小镇，
在门前这条雪泥迸溅、堆积的街上，
在下午四点，雪落下时带来的那一阵光，
一刹那间，隐身于黑暗。

2007. 11

和儿子一起喝酒

一个年过五十的人还有什么雄心壮志
他的梦想不过是和久别的
已长大的儿子坐在一起喝上一杯
两只杯子碰在一起
这就是他们拥抱的方式
也是他们和解的方式
然后，什么也不说
当儿子起身去要另一杯
父亲，则呆呆地看着杯沿的泡沫
流下杯底。

2007. 10. 马萨诸塞州阿默斯特

第一场雪

第一场雪带给你的激动
早已平息了，现在，是无休无止的雪，
落在纽约州。
窗外，雪被雪覆盖，
肯定被肯定否定。
你不得不和雪一起过日子。
一个从来没有穿过靴子的人，
在这里出门都有些困难；
妻子带着孩子
去睡他们甜蜜的午觉去了，
那辆歪在门口的红色岩石牌儿童自行车
已被雪掩到一半；
现在，在洗衣机的搅拌和轰鸣声中，
餐桌上的苹果寂静，
英汉词典寂静，
你那测量寂静的步子，
更为寂静。
抬头望去，远山起了雪雾。

2007. 12. 纽约州汉密尔顿

哀　歌

父亲失去了儿子
孩子失去了母亲
失去，还在失去
失去，还在冒烟
而我失去了你——语言
你已被悲痛烧成了灰烬……

2008. 5. 15. 写于汶川大地震第三天

塔可夫斯基的树*

在哥特兰
我们寻找着一棵树
一棵在大师的最后一部电影中
出现的树
一棵枯死而又奇迹般
复活的树

我们去过无数的海滩
成片的松林在风中起伏
但不是那棵树

在这岛上
要找到一棵孤单的树真难啊

问当地人，当地人说
孤单的树在海边很难存活

一棵孤单的树，也许只存在于
那个倔强的俄国人的想象里

一棵孤单的树
连它的影子也会背弃它

除非有一个孩子每天提着一桶
比他本身还要重的水来

除非它生根于
泪水的播种期

2009—2012

*安德烈·塔可夫斯基（1932—1986），苏联导演，在瑞典哥特兰岛拍下了他生前最后一部电影《牺牲》。

重写一首旧诗

重写一首旧诗，
这不仅仅是那种字斟句酌的艺术，
这是冒胆揭开棺材盖，
探头去看那个人死去没有。
这不是与过去而是与一个
错过的未来相逢。
这是再次流泪回到那个晚星乍现的黄昏，
去寻找那颗唯一的照耀你的星，
直到路灯在那一瞬唰地亮了……
但此刻，我是在一座吱嘎作响的老楼上，
我让一首旧诗写我。
我已让它写我了很久很久。
我看到暮色从它的最后一行开始，
我还听到（似乎听到），
楼下有人带着咚咚的脚步声
从昏暗的楼梯上摸上来，
但又下去了……

2007—2012

冰钓者

在我家附近的水库里，一到冬天
就可以看到一些垂钓者，
一个个穿着旧军大衣蹲在那里，
远远看去，他们就像是雪地里散开的鸦群。
他们蹲在那里仿佛时间也停止了。
他们专钓那些为了呼吸，为了一缕光亮
而迟疑地游近冰窟窿口的鱼。
他们的狂喜，就是看到那些被钓起的活物
在坚冰上痛苦地甩动着尾巴，
直到从它们的鳃里渗出的血
染红一堆堆凿碎的碎冰……
这些，是我能想象到的最恐怖的景象，
我转身离开了那条
我还以为是供我漫步的坝堤。

2003—2013

汤养宗

1959年白露出生，福建霞浦人。曾在东海舰队某导弹护卫舰上当过声纳兵，从事过剧团编剧、电视台记者等职业。写有长诗《一场对称的雪》《危险的家》《九绝或者哀歌》《寄往天堂的11封家书》《举人》等。出版诗集《水上吉普赛》《黑得无比的白》《尤物》《寄往天堂的11封家书》《去人间》《一个人大摆宴席》六种。先后获得人民文学奖、中国年度最佳诗歌奖、诗刊年度诗歌奖、储吉旺文学奖、滇池文学奖、鲁迅文学奖等奖项。作品被众多文集、年选及核心年代选本选入，部分诗作被翻译成外文在国外发表。

琴十行

当一座森林跨过最后的高度
这才听到琴声

琴用最亮的灯照出木纹
我的指头，帝王的十兄弟
从白云那么高把梦押回人间

从树出发到一场雨水的降落
从雨到一个国家优美的耳朵
每一棵树都值得我们仰望

当一把琴被摔碎
帝王有十个兄弟无家可归

1993. 9. 3

雁队

多么辽阔的梦想者的事业！

一整个编队的玻璃在行动
身体挨着身体，心房挨着心房
多么有力的让浮云吹血的证据
团结，高迈，不携带财产
让人怀疑那纯净的目的地
是为梦而梦的盟约

被自己的热血高举着，它们以距离说出
这些城市这些山冈已不再重要
我心头的焦灼有没有答案，它们
浮现在我们头顶，与我们无关
又揪住我们身体里的骨头
要我们一同入伙。给我们一副假设的翅膀

只有仰望还在支持我们的温暖和善良
那整齐地布置了众多翅膀的热血
一点也没有节省健康的长度
它们夺路而去，向深处行走
家园在于它们已经全部解除，如果是
逃亡，有没有走向幻美的逃亡

这些白云中的心脏，玻璃的心脏
明亮，神秘，在它们下落之前
我已不再承认天空中还有别的运行
它们秘密的福祉肯定比我家中的眠床更高
那风中的拐弯是不是世界的爬坡
哦，血在吹，我们的精神有了敌人

这些只携带热血的精灵，它们遽然
还活在世上，是什么养活了它们
是什么样的远方，路至今没有半点错误
我们无法看清那些干净的脸
而白云里封锁的去向，我有没有权利
与谁一起试着走过一遍

1995. 1

纸 张

一生的光阴，或许只能有几次到家
在许多夜晚，那是谁，仍在纸张上
为一个人留着一扇门

一张纸摆在面前，那是多么费解的城堡
它使每个写作者变成了针尖，极端
又踌躇，强盗般或闪电般想仄入其中

我准备了许多利器，我浑身地
摸出各种钥匙，纸张仍旧关闭着
一个书生穿纸而过，他准已大汗淋漓

一个人与一张白纸之间没有确凿的距离
我们摸到它：光滑，平面，却是无底的深渊
一张纸里头，仿佛永远藏着另一张纸

永远的问题是文字能否真的写进一张纸
像水倒进沙漠我们发现了水的无知
当我书写，我常常听到纸在笔尖发出的惊叫

雪一样的白纸，我们对它有一生的歉意
在很随意的一瞬间，一张纸
已偷偷从我们的手底下奔跑出来

一张纸只有一次薄薄的命，它面对着你
神情悲悯而高贵，白纸太过无助
反让我一筹莫展，像这一生再不能翻过第二页

一张纸只为一个真正的书写者留着一扇门
那人无比敬重地推了一下，门开了
里头的人说："果然是你，进来吧！"

2001. 5. 3

一生中的一秒钟

一生中曾经的一秒钟，比一枚针慢
但比一枚针更锋利地留在
我身体中的某个部位中，那东西

开始是轻，现在已渐渐变沉；如今
我感到疼了，它被锁在某只盒子里
某只手摸出了它的锈迹斑斑。一只飞鸟

或许可以用尖喙把它衔出来
一条海底的鱼或许知道它沉没的
方向，洞穴里的蛇懂得它的厉害

如今，我抚遍全身试图找出那疼的位置
往东找疼，往西找也疼。我悲愤地
喊着谁的名字，坐下来有一枚针

站起来还是有一枚针。我莫名地
在这座城市里做事，对谁也不敢
呻吟着，而它在尖锐地与我作对

我绝望它曾经的短瞬变成了今天的悠长
变成一条隧道或一个贮藏室
取出来已经不可能，公开它

我会成为一个哑巴。冬天的风
和夏天的风不断地从我身体中刮过
我的麻烦是这枚刮不走的针

2002. 10. 14

拉大提琴的女人

她饱满的琴身和胸脯在同一刻令我着迷
毫无疑问，那两个地方这时都在呜咽和哭泣
也许这个春天之前，已有人
提前伤害到了它们；也许不是这样
是里头的一条河流和一群小鸟病了
医生在远方，拯救的话题现在还理不出头绪

这美丽的女人她的忧伤多么饱满，好像是
好几轮月亮同时装饰在她身上。那具体
发出呜咽的地方是哪一处呢？看那
充满乐感的腰段，看那迷漫的双眸
到处都有声音流出来，到处让人想用手去
捂住，但又绝对不够

她低咽的曲子不放过任何人，在那
饱满的琴声和胸脯之间，另一种交接不能停下
它们是在相互倾倒么？从这一壶
倒进另一壶，从那绝伦的双乳到绝伦的木头
无疑，那两个地方都已泪流满面
我们想去抚慰，却不知从哪一头下手

2003. 3. 19

桃花岛

如果要赞颂，就赞颂你胸前的
那颗小痣。妖娆的密码
独立于你的身体，有说不尽的好处。
一只蚂蚁
又带着自己的铃声，出现
由小变大，来到我双手刚好可以按住的位置
我跟着一个成语写下：窥一斑而知全豹。
我们的国家，已允许人
买下一些无名岛，并命名
可以置下别墅，种花，养草，拥有产权。
那么，它是我的。
你的身体如果是既成事实的完美版图
已有统治者。就请把这颗痣
永远许给我，并容忍
我这个披头散发、放浪形骸的桃花岛主。

2005. 5. 26

试着在三十年后读到一首汤养宗的旧作

作为一个时光魔术师，三十年后，我回到一首
汤养宗的诗歌中。文字已变成魔镜
我看到了他壮年的身体，他那张还在燃烧的嘴唇
过去的火与眼前的水，他大大方方的情欲
大部分语词依然神经兮兮，依然没有谁看管的样子
辨认成为相互的鞠躬，辩驳从两个身体
又达成一致的一个人
那么好的火焰，仍旧被控制得这么隐秘，着实地
显示了一种工艺。我读道："我的未亡人，你看见的光
尽管有点假，但一定是刺目与庄严的。"
那时，已不知谁是听者与说者，但我心口在紧缩
指头在几个关键的字眼上停下来
那里没有讨好，没有向谁低头
也没有狡赖与搪塞
仿佛只有完美的病人对另一个完美的病人
仿佛一个苍老的父亲见谅了他苦难的儿子

2006. 5. 17

断字碑

雷公竹是往上看的，它有节序，梯子，胶水甚至生长的刀斧
穿山甲是往下看的，有地图，暗室，用秘密的呓语带大孩子
相思豆是往远看的，克制，操守，把光阴当成红糖裹在怀中
绿毛龟是往近看的，远方太远，老去太累，去死，还是不死
枇杷树是往甜看的，伟大的庸见就是结果，要膨胀，总以为
　自己是好口粮
丢魂鸟是往苦看的，活着也像死过一回，哭丧着脸，仿佛是
　废弃的飞行器
白飞蛾是往光看的，生来冲动，不商量，烧焦便是最好的味道
我往黑看，所以我更沉溺，真正的暗无天日，连飞蛾的快乐死
　也没有

2008. 4. 15

人有其土

人有其土，浙江，江西，安徽，湖南，广东，江山如画
更远更高的，青海，云南，西藏，空气稀薄，天阔云淡
北为水，南为火。我之东，是一望无际的太平洋
祖国是他们的，我心甘情愿。
只收藏小邮票。和田螺说话。转眼间把井底青蛙养成了大王。
在故乡，我常倒吸着一口气，暗暗使劲
为的是让我的小名，长满白发
这多像是穷途末路！令人尖叫
现在还爱上了膝关炎，用慢慢的痛打发着漫不经心的慢

2009. 3. 28

一个人大摆宴席

一个人无事，就一个人大摆宴席，一个人举杯
对着门前上上下下的电梯，对着圣明的谁与倨傲的谁
向四面空气，自言，自语
不让明月，也决不让东风
头顶星光灿烂，那是多么遥远的一地鸡毛
我无群无党，长有第十一只指头
能随手从身体中摸出一个王，要他在对面空椅上坐下
要他喝下我让出的这一杯

2009. 8. 18

盐

那牧师对我说：圣经对我们的提醒
就是盐对味觉的提醒。千声万色、众口难调的人世
只有盐在看住我们贪吃的嘴巴。
而我村庄的说法更霸气
某妇煮白猴在锅里，本地叫妖，妖不肯死，在沸水中叫
她撒下一把盐，像一个朝廷水落见山石
沸水安静了，没声音了，锅里的肉与骨头，都有了去处
我的村庄说："盐是皇帝的圣旨。"

2009. 10. 16

纸枷锁

每到一个时候，我的村庄便有人戴上纸枷锁
上街哀号。那人坏脾气，要拿自己的时间
跟老天爷做交易，他朝天空大喊大叫
要求从自己生命中，减掉十年，二十年
加到另一个病人的血脉中
这事关冥府生死簿上的大事，必须
戴上枷锁来乞求，用生死作抵押，要谁答应
让那个名叫铁石心肠的东西，软下来
他喊道：“我满出来啦！满出来啦
请快快拿走这多出来的部分！”
像一担谷子，分十斤，二十斤，赐给揭不开锅的人
像我们有点多出来的钞票，有点变坏的爱
也需要删除，也要反过来求救
也可以戴着纸枷锁，一脸悲情地跪在谁跟前

2009. 10. 30

父亲与草

我父亲说草是除不完的
他在地里锄了一辈子草
他死后，草又在他坟头长了出来。

2011. 2. 28

虎跳峡

因为虎跳峡，大地有了单边。有了纵情的一跳
我们被约，去死，死于够得着与够不着
像你对这里的阅读，死于从这个字到那个字的
偏头痛。裂开的跌宕，以悬空呵斥活人
永远的另一半，在山崖那边，用手不能量
你去不去，或者拿命来？狂风大作的手感，空气中的空
站在虎跳峡的人，已闻到身体
被烧焦，两肋生烟，被神仙惊叫
要去飞，要对对面的人间说，我来自对面的人间
我不是你，不能叫一只猛虎来重新跳一次
这里，工于论道的山川从不问路，只问够得着与够不着
只问为什么非得去那生死不明的
另一半，拿命来扑过去的另一边

2011. 3. 6

光阴谣

一直在做一件事，用竹篮打水
并做得心安理得与煞有其事
我对人说，看，这就是我在人间最隐忍的工作
使空空如也的空得到了一个人千丝万缕的牵扯
深陷于此中，我反复享用着自己的从容不迫。还认下
活着就是漏洞百出。
在世上，我已顺从于越来越空的手感
还拥有这百折不挠的平衡术：从打水
到欣然领命地打上空气。从无中生有的有
到装得满满的无。从打死也不信，到现在，还有期待

2012. 5. 30

醉乡往返录

手持一张返乡车票的人，坐在我边上
一再提醒我，到了月亮要叫醒他
我说这车到不了那里，他强调票上写的就是月亮
这个迷幻的断肠人，说要去打理一份祖上的家业
另有三万匹野马要带回

2014. 7. 8

奇　怪

多么奇怪的事，我一边做人，一边还在伺候着
自己的文字。多么不可思议
做一个人还要写字。这是糗事
却窃喜暗中藏着一张脸。这也无常，鞋在脚上
脚还在想着另一双鞋。
当我写字，我就是那个多出脚板的人
想起自己就是这人，再读了读
那些被我写下的字，我就偷偷耻笑，铁如何长出了锈
铁反对锈，锈又必然长在铁上
禽与兽是分开的：一个用来飞。另一个必须四脚落地

2014. 7. 30

我一贯地只见树木，不见森林

脾气越来越倔，一贯地，只见树木，不见森林
只见一阵子的夕阳，不见长长的白日
明知沙漏掉下的是一个人的毒药，却依然
当我的和尚，撞响我的钟
许多的汉字，我也只见一些偏旁
另一半，是纷纷逃窜的虫豸
自然也不见你，只见你的诗，诗中要命的一行字
打破砂锅的那天，终于现出了所谓的锅底
我说别急，那被千万人问到底的底
是这一面还是那一面。我还有更残忍的删减法
让大江东去，只认游入大海的小鱼
它们总算落实了自己。但我从不说，那就是活命

2014. 8. 4

鹰 笛

继续不让咱人间的，是鹰的一截骨头
拿掉心脏，拿掉羽毛，拿掉捕拿术，甚至
鹰眼里众山小的俯视
王已面目全非，大命变小命，仅成
一件小器。西藏人还拥有这手艺
将闪电缩小，削肉刮骨
剔除它昔日身上的坏脾气，对人世的不屑
大野苍茫中的一览无余。在反方向
鼠兔奔突，草木上气不接下气
被划分成好风水与坏风水
这些，已恍若前朝旧事，一提起
风就吹，分立，割据，仿佛谁都没有过
多么值得怀疑的搬与弄，是与非
当鹰骨在尘土之上被吹出声音
误解活命巍峨的我，血气就上冒
世事一下子比白云更高
仿佛敌人又要回来，那天空中亲切的敌人
而这节被捏住小命的骨头，让吹笛者
全然不顾谁地一脸肃杀，成为挥金如土的人

2015. 6. 30

钉子钉在钉孔中是孤独的

一想到天下的钉子这刻正钉在各自的
钉孔中，就悲从中来，喘不过气
一想到它们，正被自己的命夹住
在一头黑到底中永不见天日，再无法脱身
便立即抬腿，想拔地而起，奔向天涯路
如你我的深陷，这器
偏爱囹圄，甘于委身
给自己挖井，去找要打进去的部位，去活埋
去黑暗内部，接受
时光指定的刑期。一进去就黑到底

2016. 1. 6

祷告书

我一生都在一条河流里洗炭
十指黑黑。怎么洗，怎么黑。

我一生都在一条河流里洗炭
怎么黑，怎么洗。十指黑黑。

2016. 5. 1

纸上生活

在纸上挖山，种树，开河流，当建筑师
也陪一些野兽睡觉，当中，还喜欢
看夕阳西沉，怀想谁与谁不在眼前
便又涂改两三字。至此
一张纸才真正进入黑夜
更多时候，我绕着纸上的城堡跑
在四个城门都做下记号
为的是让时光倒流，也为了可以
活得更荒芜些。我借此相信
一个人有另一座坟地另一个故乡
并可以活得与谁都无关
这一捅就破的生活，为什么要一捅就破
真是命如纸薄，每当我无法无天
像个边远的诸侯，过得真假难辨
便知道，这就叫纸包着火
我又要撕了这一张，在人前假惺惺再活一遍

2016. 7. 12

陈东东

1961 年生。20 世纪 80 年代初在上海师范大学中文系读书期间开始写作，主要作品包括诗集《夏之书·解禁书》《导游图》、诗文本《流水》和随笔集《黑镜子》《只言片语来自写作》等。

曾创办和主编民间诗刊，担任民间诗歌奖评委，组织民间诗会、诗歌节活动等，是中国当代诗歌生活的重要参与者。现居深圳和上海。

语　言

岩石的双肩舒展，军舰鸟的翅膀开阔
太阳像金甲虫一样嗡嗡作响
偶然飞进了白色厅堂

在更远处，橘红的游艇缓缓而来
有如另一个盛夏黄昏

我的眼里，我的指缝间
食盐正闪闪发亮
而脑海尽头有一帆记忆
这时镶着绿边
顶风逆行于走廊幽处

当云层突然四散，鱼群被引向
临海的塔楼
华灯会瞬息燃上所有枝头
照耀你的和我的语言

1983

点　灯

把灯点到石头里去，让他们看看
海的姿态，让他们看看
古代的鱼
也应该让他们看看亮光
一盏高举在山上的灯

灯也该点到江水里去，让他们看看
活着的鱼，让他们看看
无声的海
也应该让他们看看落日
一只火鸟从树林里腾起

点灯。当我用手去阻挡北风
当我站到了峡谷之间
我想他们会向我围拢
会来看我灯一样的
语言

1985

雨中的马

黑暗里顺手拿一件乐器。黑暗里稳坐
马的声音自尽头而来

雨中的马

这乐器陈旧，点点闪亮
像马鼻子上的红色雀斑，闪亮
像树的尽头木芙蓉初放
惊起了几只灰知更鸟

雨中的马也注定要奔出我的记忆
像乐器在手
像木芙蓉开放在温馨的夜晚
走廊尽头
我稳坐有如雨下了一天

我稳坐有如花开了一夜
雨中的马
雨中的马也注定要奔出我的记忆
我拿过乐器
顺手奏出了想唱的歌

1985

一江渔火

应该去领受入夜的石头。在江里
这石头白
冰冷而沉重

比它更平静，如林中浆果不为人知
当车过铁桥
一江渔火在黑暗里闪现

过道上，那些陌生的脸
那些阴沉的脸。当车过铁桥
一江渔火在黑暗里闪现

此刻
此刻假如有一只鸟
火红的大鸟假如这时候撞进车窗

只能是我。我会喊出它的名字

1985

独坐载酒亭。我们该怎样去读古诗

江面上雾锁孤帆。清晨入寺
红色的大石头潮湿而饱满
像秋染霜叶，风吹花落
像知更鸟停进阴影之手
这些都可能是他的诗句
在宋朝：海落见山石
一个枯水季节，尘昏市楼

而我经历了一夜大雨
红石块上，绿叶像无数垂死的
鱼，被天气浸泡得又肥又鲜
树皮这时候依然粗糙
漂在池上，什么也不像
隔江望过去，中午的载酒亭
依山静坐，我在其中
见江心有一群撕咬的猛禽
翼翅如刀

我们也得有
刀一样的想法。在载酒亭
他的诗句差不多失效
独坐里，我们也得用
自己的眼睛，看山高月小

1985

残　年

黑暗里会有人把句子点燃
黑暗并且在大雨之下
会有人去点燃
只言片语，会有人喃喃
低声用诗章安度残年

在青瓦下，在空旷的室内
会有人用灯把意义点燃
会有人惊醒
独自在黑暗里
听风吹雨

独自在窗下
会有人看清点燃的街景
马车驰过，似乎有千年
早已在一片夕照里入海
马车驰过，像字句被点燃
会有人看清死已可期

1986

夏日之光

光也是一种生长的植物，被雨浇淋
入夜后开放成
我们的梦境

光也像每一棵芬芳的树，将风收敛
让我们在它的余荫里
成眠

今晚我说的是夏日之光
雨已经平静
窗上有一盆新鲜的石竹

有低声的话语，和几个看完球赛的姑娘
屋宇之下
她们把双手伸进了夏天

她们去抚弄喧响的光，像抚弄枝叶
或者把花朵
安放在枕边

她们的躯体也像是光，润滑而黝黑
在盛夏的寂静里把我们
吸引

1986

冬天临近

汽车越过山巅，融化进空无
就像人们常说的那样
司机的双眼凹陷，两盏小灯在隧道里跳荡

我们被黑暗挤压的身体开始放松
我们已度过了一个冬天
回头再看，山的阴影仍然在伸展

这首诗并不到此为止，另外的冬天
又已经临近。我坐在江边
看深秋的鸥鸟。我的手触摸过生命的胎记

这就像人们常说的那样，树停住脚步
山也会等待，风，流水，越来越黑暗的
年纪，它们都面临
同一个冬天，死亡和胎记在相互追逐

1986

北　方

北方的孤城把黄昏守望
一座白而寂寞的旅馆
一条树影延伸的街
和容纳了九颗月亮的车站
那高飞于大石头之上的雨燕
左侧的灰眼睛能看得更远
在被风拨开的亮光底下
悲恸的大海拍打着陆地

跟鸟儿滑翔的方向相反
有一次慢车经过了我们
车厢里昏暗
没有人，旧式收音机
在播放舞曲
这次车去一个更北的终点
它的笛鸣
让我们要凭窗远眺它多年

我们用更多的时间看海
从夏季的最后一夜
散步进秋天
反复念诵着同一段祝祷
我们有那么多晦暗的想法

为什么就不能有
清澈地刻画出风景的音乐
和沉默之后的这几句低语

1987

木　匠

歇息时我坐下来卷烟
院落浮阳，栀子花肥艳
直尺边上光滑着木板
鸟儿争鸣，在上午十点

雇主的堂客客堂里搓澡
水汽弥蒙窗户，腰窝和双奶
生辉。墙头上指针迟延、催促
我的手边，有称心的斧锯

在上午十点，鸟儿聚拢
院落里白胶水散布异香
我那小儿子却在乡下
从谷仓出来，正走进亮光

而我闻到了刺鼻的爽身粉
正当我做好春日的镜架
我那小儿子却在乡下，拿一块
玻璃，映照另一个出浴的人

1989

废 园

风暴到来以前，店铺关门的黄昏
追悔的心情像这座废园
寂寞的女子临窗远眺
她知道那个人
已骑驴进入雨中的剑门

每个夜晚有一次期待。鹰的栖息
瘦小的街景和雷霆之怒
春天的女子在暗影深处
她手边一封信
泛黄了灯光

这时候一匹马突围又突围，有如
羽箭，从驿站向下一个驿站
飞射——它想要击中那
缟素的心——在黄昏过后
被传递的词章已扩散开来

她甚至分辨了最弱的音节，这
废园的耳朵，这废园的相思
她唱和的笔端伴以残酒
她知道那个人在同样的灯下
在倾听同样的风暴灌满

1989

病 中

病中一座花园，香樟高于古柏
忧郁的护士仿佛天鹅
从水到桥，从浓荫到禁药
在午睡的氛围里梦见了飞翔
——那滞留的太阳
已经为八月安排下大雨

一个重要的老人呻吟
惊动指甲鲜红的情人：抚慰
清洗、扪弄和注射
他陈旧的眼眶滚出泪水
抵挡玫瑰和金钱的疼痛

隔开廊道，你身凭长窗
你低俯这医院里酷暑的风景
阴云四合，池鱼们上升
得病的妇女等待着浇淋
正当你视线自花园移开
第一滴雨
落进了第一个死者的掌心

1990

月　亮

我的月亮荒凉而渺小
我的星期天堆满了书籍
我深陷在诸多不可能之中
并且我想到
时间和欲望的大海虚空
热烈的火焰难以持久

闪耀的夜晚
我怎样把信札传递给黎明
寂寞的字句倒映于镜面
仿佛蝙蝠
在归于大梦的黑暗里犹豫
仿佛旧唱片滑过了灯下朦胧的听力

运水卡车轻快地驰行
钢琴割开春天的禁令
我的日子落下尘土
我为你打开的乐谱第一面
燃烧的马匹流星多眩目

我的花园还没有选定
疯狂的植物混同于乐音
我幻想的景色和无辜的落日

我的月亮荒凉而渺小

闪耀的夜晚，我怎样把信札
传递给黎明
我深陷在失去了光泽的上海
在稀薄的爱情里
看见你一天天衰老的容颜

1991

下　降

下降仪式里燕子的试探性
有时也会是盘旋中的军舰鸟
渡海的试探性

而一座煤气厂试探着飞临了
所谓晕眩，是轰鸣和意外
勉强的委婉语

在扇形田野它再一次减速
在更加壮丽的扇形海畔，它
站稳了脚跟，两只锃亮的

不锈钢巨罐将成为乳房
喂养火焰，就业率
喂养三角洲意识空白的襁褓理想

于是有人从铁烟囱滑落
像一面解除警报的旗
他走出煤气厂

身份中混合着末世子孙和
大经济新生儿灼痛的血
他脑中的视域仍在

半空：燕子和军舰鸟
为即将到来的大雨而欢聚的
蜻蜓，啊蜻蜓

他顺着坡道缓缓向下
走进较为浓郁的
绿色。——被迫收缩

乡村在更低处。在那里
失眠，是悲哀和期望
含混的委婉语

1996

外　滩

花园变迁。斑斓的虎皮被人造革
替换。它有如一座移动码头
别过看惯了江流的脸
水泥是想象的石头；而石头以植物自命
从马路一侧，它漂离堤坝到达另一侧

不变的或许是外白渡桥
是铁桥下那道分界水线
鸥鸟在边境拍打翅膀，想要弄清
这浑浊的阴影是来自吴淞口初升的
太阳，还是来自可能的鱼腹

城市三角洲迅速泛白
真正的石头长成了纪念塔。塔前
喷泉边，青铜塑像的四副面容
朝着四个确定的方向，罗盘在上空
像不明飞行物指示每一个方向之晕眩

于是一记钟点敲响。水光倒映
云霓聚合到海关金顶
从桥上下来的双层大巴士
避开瞬间夺目的暗夜
在银行大厦的玻璃光芒里缓缓刹住车

1997

时代广场

细雨而且阵雨，而且在
锃亮的玻璃钢夏日
强光里似乎
真的有一条时间裂缝

不过那不碍事。那渗漏
未阻止一座桥冒险一跃
从旧城区斑斓的
历史时代，奋力落向正午

新岸，到一条直抵
传奇时代的滨海大道
玻璃钢女神的燕式发型
被一队翅膀依次拂掠

雨已经化入造景喷泉
军舰鸟学会了倾斜着飞翔
朝下，再朝下，抛物线绕不过
依然锃亮的玻璃钢黄昏

甚至夜晚也保持锃亮
晦暗是偶尔的时间裂缝
是时间裂缝里稍稍渗漏的

一丝厌倦，一丝微风

不足以清醒一个一跃
入海的猎艳者。他的对象是
锃亮的反面，短暂的雨，黝黑的
背部，有一横晒不到的娇人

白迹，像时间裂缝的肉体形态
或干脆称之为肉体时态
她差点被吹乱的发型之燕翼
几乎拂掠了历史和传奇

1998

雨

（回赠财部鸟子。她有个唤作“雨女”的雅号。）

乡村教师正要求孩子们辨认当地的
植物和石头，雨落了下来
被唤作银杏的千年古树遮挡起那堂课
但雨还是落向了山中、幽深处
在言辞之外

*

言辞却推进。当我企图展读一封信
雨停歇了片刻，就像你
刚想要署名，收住笔，你名字偶然带来的
雷阵雨，会因为幻想的闪电而必然
从东京移向海那边一座空寂的城

*

此时，如我曾读到并讽仿的诗句
在黄昏的寺院里我注视着雨
我离开衰败的洛阳不太远
我离开胡僧菩提达摩

有一千五百年

*

雨提供书写成雨的诗篇。欲跟它
相衬的纤弱的言辞，会纠缠又一个
乌有的人；会让我用记忆想象那个人
他以其不存在摆脱言辞，并且不属于
变异循环里停歇而后又到来的雨

2000

应邀参观

一个影像是一项邀请。
——苏珊·桑塔格

于是就搁下奇思异想着光阴的相册，
跟他们一起去看个究竟。
那晚上下雪，
桃花源被冰封藏进水晶罩……
斜穿过快速隐没的林间路，
一辆马车如他们的忘怀，并没有
驰来，或小驻于记忆的想象之境；
它铃铎的微颤却还是借助风，
依稀拂弄了 YADDO* 几乎刻意的寂静。
幻听着旅人途中的低吟，白色之下褐色的
三月，被一个旋律轻轻搅动着——
“还要赶多少路才能够安歇？”他们
不搭腔。华灯从幽深处打开新境界。
仙子颜如玉，因为隐身于老式爱情吗？
客厅几经婉转后展现。她透过镂花镜
将他们摄入，——她安排他们
啜饮闪烁于盆栽阔叶的室内乐甘露。
酩酊为他们摇曳仿童话。每一重门户

则可以仅靠着寻常言辞反复去推敲。
数幅山海图勾勒乌托邦，卷帙间瑶池
掩映漫游者渡越的意愿和
濯足之探。——那口大浴缸更值得在意，
它归结得恰好，在走廊尽头，
提醒世界无暇地搪瓷化。谁要是
撩开它二十四小时热水蒸腾的雾气帷幕，
谁就会看到，绮窗外雪的戏剧
净化着，七个小矮人陶醉，更醉，
以他们的茫然追随漫卷的超现实公主……
然而不打算继续下去了——自他们
过多的惊羡里转身，到黯然处
摆弄错放在大理石裸女和
青铜鹤鸟之间的电视机。对于仿童话，
它像个童话；对于每一间提供好梦的
理想之屋，它是否现实？ 荧屏被
雪花干扰了片刻，显露出掀掉披巾的脸
和揭去防毒面具的脸……花容
转阴——水晶罩里的颜如玉仙子
又待如何呢？

于是就搁下
奇思异想着光阴的相册。

刘子骥安歇，“……遂无问津者”！

2003

*YADDO，位于美国纽约州小城 Saratoga Springs 的一个艺术村。

奈　良

往高松冢的路上如梦
樱花树下时时遇见花鹿
歇脚在一边翻看杂志克劳斯如是说

　　世界末日之际
　　我愿正在隐居

坐到法隆寺殿的黄昏瞌睡唯美之迷醉
又有铁铃铛叮叮
送来想象的斑鸠

　　走马观花一过
　　即为葬身之地

2005

归青田

（纪念记忆）

整个夏天，临睡前去铺开
被汗渍渲染得更老的篾席
再把盔形罩锈蚀了半边的那盏台灯
也移往滑爽的打蜡地板，摆放于
篾席微卷起破损的那一头

他躺下，就着灯，展开一册
《聊斋志异》——望夜里干脆
就着满月
　　　　边上，他儿子喜欢看
玉兰树冠和长窗的影子从墙角到天花板

他读一段然后讲解，朔弦明灭
语调各不同。浓郁之晦里
他儿子听见狐妖们踮脚轻点屋瓦
另有魂魄，凄然转过弄堂暗角
脸色纸一样，到水边幽怨

接着是另几个眉月和盈月夜
另几个亏月跟残月切换，枕席之上
他娓娓，演绎更多非人间故事
为了强忍住一个呜咽，为了用他
所有的诉说，不去诉说他母亲的姓名

又一个夏天来临，儿子已到了
他当初噬心压抑悲愤的年纪
凭着栏杆，两个人翻看一册旧书
端详着，终于会显影于遗忘暗房的
颤栗的底片

——当这个女人
在早先的夏天突然发了疯
从自己的姓名里纵身一跃
沉进河塘，像要去捂紧油亮水镜里
漩涡一样无限收摄高音的喇叭

死和火红的黄昏之上，有另一只喇叭
重叠于落日，仍然在倾洒
喷射拉线广播的烈焰，半枯焦了
野田禾稻、运河与沟渠……穿过
这个女人的道路，入夜之后没于无声

唯有萤火虫把冷月领进了死之黑暗
于是，躲避满城持续的喧嚣
他重温母亲早年向他授受的传奇
恍惚两栖于阴阳世界。梦中之恋
天亮后幻化成光阴的废墟

而现在
从那册《聊斋志异》里，他找回
依稀于母亲所有前世的照片一帧
背面一行字，只为他儿子倏现即逝
——姓名：归青田，祖母……情人

2008

莫名镇

一条河在此转折
就已经造就了它
何况还有
两岸水泥栏杆的粗陋

剥落绿色的邮政建筑也足以
构成它
　　　　再加上两三棵树
荫阴里停着大钢圈自行车

小银行则是必要的设施
玻璃门蒙尘，映现对街
蒙尘的学校
　　　　　广播在广播
广播体操反复地广播

另一些影子属于几个人
不愿意稍稍挪动自己
在桥上低头看流水
在家庭旅馆的椭圆形院子里
看一盘残棋浮出深井

百货铺。菜市场。剃头店
网吧幽暗因为从前那是个谷仓
从电脑显示屏颤抖的对话框
到来者跨出，来到了此地
他其实不想找在此要找的，正当
这么个时刻……这么个时代

2010

它仍是一个奇异的词

我知道这邪恶的点滴时间

——狄兰·托马斯

它仍是一个奇异的词
竭力置身于更薄的词典
指向它那不变的实质

它小于种子，重于
震颤着碾来的坦克
它冷于烫手的火焰一夜凝成冰
它的颜色跟遗忘混同

它依然在，没有被删除
夕阳底下，又一片
覆盖大地的水泥广场上
怀念拾穗的人们弯着腰
并非不能够将它辨认

它从未生长，甚至不发芽
它只愿成为当初喊出的
同一个词，挤破岩壳直坠地心
拖曳着所有黑昼和白夜

它不晦暗，也不是
一个燃烧的词
依然匿藏于更薄的词典
足够被一张纸严密地裹住

它不发亮，也不反射
它缠绕自身的乌有之光
如扭曲铁丝

而当纸的捆绑松开
锈迹斑斑的铁丝刺破

它仍是一个奇异的词

2014

李元胜

1963年8月生于四川省武胜县，籍贯四川叙永县。

出版过《李元胜诗选》《重庆生活》《无限事》《我想和你虚度时光》四部诗集。同时由于从2000年起迷上生态考察和微距摄影，还出版了《昆虫之美》等博物随笔。曾获人民文学奖、第六届鲁迅文学奖。

现为重庆文学院专业作家、重庆市作协副主席、中国作协诗歌委员会委员。

给

我坐在屋里
手却在大墙的外面
摸寻着这个秋天最后一片树叶

墙外只有一棵树
它沉默的时候很像我
它从树干里往外看的时候很像我

它几乎每分钟都在长树叶
我们在一起的时候它长树叶
我们不在一起的时候它也长树叶
但两种树叶绝不相同
这你不知道

你想我的时候它长树叶
没想我的时候它也长树叶
但两种树叶绝不相同
这就我知道

它几乎每分钟都在长树叶
然后把它想说的从树枝上掉下来
落在离我的手不远也不近的地方

就在你向这边走来的时候
那片树叶
落在离我的手不远也不近的地方

1986. 11

对　话

当一个日子离开我们
我的抽屉里总会少点什么

在一个梦与另一个梦的连接处
有一块小小的石头

而你还未出现
我身上已有了被你划伤的痕迹

就像我的全部生活
是你在这世界上的一种投影

1987. 2

春天的插枝

是一些很细的东西
连接了
过去、现在和即将出现的我
无论在现实中插得多么深
我还是感到
残缺的自己
带着所有纤巧
正从此刻的大地和天空面前
向上飘走
在接近着
另一个有相同伤口的我

1989. 3. 10

纸　鸽

没法折出那种简单好看的纸鸽
我总是把自己的犹豫
和周围的夜色一起折进去

把它放在孩子床边
就像留下一封兴之所至的短信
里面有被琴声慢慢举到空中的牧场
折痕很深的日子
以及坐在春天面前的一个美好的疯子

我没法折出那种简单好看的纸鸽
即使在堆满纸条的桌前
这安静的车间里
劳动仍然拖着极其微妙的阴影

微笑的孩子
是否能接受这其中的秘密
可爱的小小玻璃房子
当秋天挟带的石块滚过屋顶
每一块玻璃是否能完好无损

1991. 7. 4

一把刀子

一把刀子细细地刮着夜晚
让天边逐渐发亮
但直到正午
那些黑色粉末仍未运走
它们淤积在
我们关于阳光的交谈之中

1991. 9. 3

我的儿子声音嘶哑

我的儿子声音嘶哑，双脚
使劲朝上面乱蹬
他的哭显得如此重要
仿佛整个天空
都已赶紧围拢过来

我坐在旁边，微笑着
羡慕地望着他
我有比他充足十倍的理由
却不敢像他这样
全心全意地痛哭一场

1999. 1. 8

当一个人还很年轻

当一个人还很年轻
他写的东西，会奔跑
会像豹子一样
把藏在黑夜里的人追逐

当他已经年老
写的东西，变得安静
像一面不说话的镜子
只用微弱的光
照着周围的人的空洞

1999. 1. 29

走得太快的人

走得太快的人
有时会走到自己前面去
他的脸庞会模糊
速度给它掺进了
幻觉和未来的颜色

同样，走得太慢的人
有时会掉到自己身后
他不过是自己的阴影
有裂缝的过去
甚至，是自己一直
试图偷偷扔掉的垃圾

坐在树下的人
也不一定刚好是他自己
有时他坐在自己的左边
有时坐在自己的右边
幸好总的来说
他都坐在自己的附近

1999. 10. 27

身体里泄露出来的光

我缝上线的皮肤
像墙的裂缝
刺眼的光从里面泄露出来
把四周照亮

为什么是这新鲜的伤口
为什么是这阵阵袭来的疼痛
在帮助我
看到更多的东西

为什么我喋喋不休
却没说出一句话
为什么我的眼眶里
转动着的始终是一块石头

这难愈的创伤
像一根点燃的灯草
它的那一端
浸泡在被我忘却的存在中

2000. 1. 4

回 答

我是那个悲泣的人
是那个等待渡船的人
我是那个幸福的人
春天的花粉全在他脸上
是那个绝望的人
乌云的阴影已经快要遮住他
我是那个走在街上的人
我是那个跳舞的人
逃亡的人

我在悲泣着，幸福着，逃亡着
我是他们中的一个
也是他们的总和
这么多个我在悲泣着，幸福着，逃亡着
在身不由己地包围着什么
像桌布四周激动的花边

那中间的正是我从未经历的
现在快了

2000. 1. 5

一定有……

我的猫喜欢仰着头看我
它睁圆眼睛，一动不动
像是尽量想理解
眼前这一个能活动的东西

而我分不清猫和猫的区别
它们有着同样的声带和表情
死去的和刚生下来的猫
简直像轮流使用着同一个身体

它绕着我打旋，却嗅不出
我手里《航海记》的浓烈腥味
它奔跑着，像一盏
跌跌撞撞的灯
周围是它无法照亮的黑暗

和我们一样古老的猫呵
所有比猫更微弱的生命呵
我们活下来，轮流使用着
各自大致相同的身体
我们一定共同构成了某种河流
或者乐谱

多少年了
就像栖息在同一棵树
高低不同的枝丫上
一定有很多不被理解的黑暗
一定有巨大的开始和结束
只是，这已超出了
我们所能思考的范围

2001. 2. 1

春天，在青龙湖

一条小路把我带到这里
而我，沉浸在两种存在的摩擦中

从中间穿过整个寂静的树林
就像回忆昨夜穿过我

像波浪轻易从中间分开
像路分岔，变成更细的两条

一个不能合拢的人
走着，却同时朝着两个相反的方向

2002. 4. 18

给

好吧，现在我接受你的看法
一个无法分辨雾气和河水的人
永远无法获知自己的边界
我这只盲目的蜻蜓
飞着，看着，听着
却不知谁在驾驶，谁又是乘客

但我不能为此否定这一切——
我在生活的边缘飞着
也在迅速变黑的田野上飞着
正是我看到的，听到的
堆积起来，构成了我的心灵

2002. 5. 2

回　答

我已经顺从了命运
在这里我温和，没什么事也满心欢喜
而在外地，我不是诗人
不是孩子眼中耐心的父亲
我边角锋利，时时让人不快
我难以融化，只是一小块坚硬的重庆

2004．11．29

十　年

我们有着某种速度，像火车
车头向前，车尾永远留在原地
人在远行，故乡留在原地
最爱的人留在原地
一切不过是撕裂、无限拉长的
道路，逐渐增加的空虚

2006. 11. 7

听西叶吹陶笛

她用她的帽子
微笑，用她的金属含住
陶笛，仿佛一种魔术
这笨拙的乐器，醒来
发现自己，成为神奇的车站

一列，两列，更多的列车
透明的，绵连的，声音中的金属
从那里飞驰而出
穿过空气
很多层，颤抖的薄纸

我有时是薄纸中的一页
茫然，不想写下任何文字
有时是列车中，一节摇晃的车厢
生着锈，仍在奔驰
西叶，请继续
我为什么要问终点在哪里呢

2007. 1. 27

给

有一些风雪我们未曾经历
有一些北方
永远不能成为我们的生活
我还是爱着南方，爱着这个
偏执的闷热的南方
也爱着多雨、植物繁茂
它的细腻和不可知

就像我爱着你，辽阔冷峻的你
也爱着，偶尔闪现
那一小块疯狂的你

是的，不同的你重叠着
有时和解，有时冲突
我爱着，它们之间的缝隙
点点野花悄然生长
我也爱着，它们交错时形成的——
破碎、弯曲的夜空
上面缀满陌生的星星

2010. 5. 12

总有此时

在我病卧的时候
谁在代替我奔跑，碰落一地露珠
在我灰心的岁月，是谁
在代替我爱着，像杜鹃
流出身体中的热血

在另外的星球，谁在代替我凝视
即将飞走的鱼群
在另外的时代
谁在代替我出生，代替我召集族人
渡过湍急的河流

是谁在代替我蒙难
谁在代替我哭泣，当群山沉沦
仁者不再出现
谁在代替我，经受
漫漫千年的屈辱

我沉默，但沉默得不够
我骄傲，但也骄傲得不够
总有此时，我代替着那些奔跑的人
那些歌唱过的人
那些未能渡过河流的人

代替他们呼吸、行走，承担生之琐碎
代替那些不能来到这里的人
代替消失的文化，灭绝的美丽物种
总有此时，大陆沉默，星光闪烁
我代替他们写下诗篇

2010. 5. 18

口　音

我们口音还算接近，细小的差别
标志着我们的出发点
相距有百余公里

听得出来我们自私相同，虚荣接近
偶尔有些善意的想法
往往不切实际

听得出来我的故乡群峰高耸
而你那一带河汊密布

我们的分歧在于我需下山再下山
而你需要筑堤再筑堤
我们的共鸣在于
有些人既无须下山
也无须筑堤
这不公平，很不公平

总的说来
我有点上游的心不在焉
你有点下游的心怀怨恨

我喜欢你尾音里的那一段好听的滑翔
现在想起来
和我们之间那条河
那一段美妙的缓缓转弯有关

当时对这个细节有点忽略
现在想起来，真的很好听
可惜为时已晚

2010. 6. 20

墓志铭

好的小说须有基本的枯燥
好的电影，须有适当的闷
我理想的生活，当然
也得有基本的枯燥
适当的闷

我恐惧着过于精彩的故事
因为总有一天，会有人噙着泪
走到我面前：
兄弟，你演得真好
我都感动得哭了

好的友谊须有基本的距离
好的爱情，须有适当的缺陷
我喜欢你，缘于你微笑时
那细微的不对称

所以，好的人生
须有基本的无聊
好的时光，须有适当的浪费
让我们历经旅行和压抑
眼前终于出现
沙漠般的真实、冷峻之美

这样，当我挥别人世
终于可以欣慰地说——
谢天谢地
我没有相信过《读者》的说教
也没有过上它所描述的生活

2010. 7. 23

青龙湖的黄昏

是否那样的一天才算是完整的
空气是波浪形的，山在奔涌
树的碎片砸来，我们站立的阳台
仿佛大海中的礁石
衣服成了翅膀
这是奇迹：我们飞着
自己却一无所知

我们闲聊，直到雾气上升
树林相继模糊
一幅巨大的水墨画
我们只是无关紧要的闲笔
那是多好的一个黄昏啊
就像是世界上的第一个黄昏

2011. 5. 10
2011. 11. 13改定

紫色喇叭花

晨光里，我想拍好
紫色的喇叭花，但相机力不从心
镜头没法解释如此美的紫色
始终犹豫着，在红和蓝之间
而我，只能看到酒杯般的花瓣
美得过分的紫色，斟得太满
简直就要溢出，它经过漂亮的曲线
突然收窄，仿佛那里有
不想公开的楼梯
漆黑的地下室，凌乱的砖头
遮掩一条神秘的路
在路尽头，没有紫色，没有相机
世界尚未开启，我们尚未出生

2011. 12. 4

湖畔偶得

夜晚之鱼挣脱了，鳞片散落天边
湖水若有所得，疼痛的小词
终于有一个斑斓的尾巴
垂柳袖着手，保持古代姿势
而它看不见的根系，展开潮湿的幻想画
时候还早，幼蝉在地下三尺闭目吮吸，不问昼夜
还需历经数年，它们才凑齐一套翅膀和云曲
柳啊蝉啊顺从于冬的沉默夏的疯狂
不知自己也是钟表的一部分
时光转动，风起了，我走过湖堤一如当年
身体似扁舟，我仍爱它人世间的起伏漂荡
时有靠岸之心，时有银辉满舱

2012. 1. 18

雨林笔记

就像边缘磨损的书
我喜欢无人光顾的小溪，林中空地
喜欢它无穷的闲笔
我喜欢树林像溪水一样经过我
喜欢阳光下，身体发出果肉的气息

我喜欢突如其来的电闪雷鸣
也喜欢雨后，群峰寂静无声
熟悉花朵仿佛旧友重逢
冷僻物种犹如深奥文字
我读得很慢，时光因为无用而令人欣喜

2012. 2. 20

我想和你虚度时光

我想和你虚度时光，比如低头看鱼
比如把茶杯留在桌子上，离开
浪费它们好看的阴影
我还想连落日一起浪费，比如散步
一直消磨到星光满天
我还要浪费风起的时候
坐在走廊发呆，直到你眼中乌云
全部被吹到窗外
我已经虚度了世界，它经过我
疲倦，又像从未被爱过
但是明天我还要这样，虚度
满目的花草，生活应该像它们一样美好
一样无意义，像被虚度的电影
那些绝望的爱和赴死
为我们带来短暂的沉默
我想和你互相浪费
一起虚度短的沉默，长的无意义
一起消磨精致而苍老的宇宙
比如靠在栏杆上，低头看水的镜子
直到所有被虚度的事物
在我们身后，长出薄薄的翅膀

2013．4．20

栅栏的另一边

我喜欢在湖边写诗
每一个词，都有潮湿的出处

仿佛站成一排的水鸟
它们看得见，从唐朝荡过来的秋千

我爱它们的古老出处
相信我的出处，同样古老

我爱这些古老楼梯，旋转
构成包围着我的庸常时光

这一生，是读旧了的剧本
这一年，只有衰老略有新意

它们来了，我伸出了手
中间隔着我的身体，这古老的栅栏

2014. 6. 16

撤　退

我从酒局撤退，含着一口海水
我从花园撤退，倒拖着蜜蜂的刺

从词典中撤退，带一个遮脸用的偏旁
从爱情里撤退，带着很多错别字

我想从一张地图上撤退，飞机说
苍蝇飞三圈，发现回去才是真勇敢

我想从一场大病中撤退，医生说
慢点，慢点，你全身都还在抽丝

从前半生撤退，我居然什么也没来得及带
从这个下午撤退，刚起身，就被傍晚退回原地

2015. 7. 28

娜 夜

20 世纪 60 年代出生。毕业于南京大学中文系。长期从事新闻媒体工作。20 世纪 80 年代中期开始诗歌写作，著有诗集《回味爱情》《冰唇》《娜夜诗选》《娜夜的诗》《起风了》《睡前书》等多部。其作品被翻译成多国文字。2015 年《睡前书》(英文版)由英国 Aurora Publishing LLC 出版发行。曾获人民文学奖、十月文学奖、天问诗人奖、中国新世纪十佳青年女诗人称号等。2005 年《娜夜诗选》获第三届鲁迅文学奖。现居重庆。

生　活

我珍爱过你
像小时候珍爱一颗黑糖球
舔一口
马上用糖纸包上
再舔一口
舔得越来越慢
包得越来越快
现在　只剩下我和糖纸了
我必须忍住：忧伤

起风了

起风了　我爱你　芦苇
野茫茫的一片
顺着风

在这遥远的地方　不需要
思想
只需要芦苇
顺着风

野茫茫的一片
像我们的爱　没有内容

合 影

不是你！是你身体里消失的少年在搂着我
是他白衬衫下那颗骄傲而纯洁的心
写在日记里的爱情
掉在图书馆阶梯上的书

在搂着我！是波罗的海弥漫的蔚蓝和波涛
被雨淋湿的落日　无顶教堂
隐秘的钟声

和祈祷……是我日渐衰竭的想象力所能企及的
那些美好事物的神圣之光

当我叹息　甚至是你身体里拒绝来到这个世界的婴儿
他的哭声
——对生和死的双重蔑视
在搂着我

——这里　这叫作人世间的地方
孤独的人类
相互买卖
彼此忏悔

肉体的亲密并未使他们的精神相爱
这就是你写诗的理由?

一切艺术的源头……仿佛时间恢复了它的记忆
我看见我闭上的眼睛里
有一滴大海
在流淌

是它的波澜在搂着我!不是你
我拒绝的是这个时代
不是你和我

“无论我们谁先离开这个世界
对方都要写一首悼亡诗”

听我说:我来到这个世界就是为了向自己道歉的!

安居古镇

穿长衫的说书人
说着光绪年间的风

说到戊戌变法时声音低了下去
抬起头他问：今昔何年？

一滴冷汗
几只无所谓江山只想多活一日的蝉鸣

几个糖人儿
青石板上布鞋永远跟在皮鞋后面的回声远了

旧木窗　他望着生活的脸多么委屈
黝黑的意志像发青的眼窝塌陷

强硬的生活又善待过谁呢！
它拆开我们　并不负责装上

诗可以停在这里　也可以继续
解读四千年前安居的本意：

几棵野菜　一篓小鱼
哗啦啦　滚铁环的孩子把落日推到了天边

阁楼或客栈　或者茶肆　笑盈盈的娘子身子一斜
月亮就从大安溪打捞起自己

挂上波仑寺的飞檐

现 在

我留恋现在
暮色中苍茫的味道
书桌上的白纸
笔
表达的又一次
停顿

危险的诗行
——我渴望某种生活时陡峭的内心

西夏王陵

没有什么比黄昏时看着一座坟墓更苍茫的了
时间带来了果实却埋葬了花朵

西夏远了　贺兰山还在
就在眼前
当一个帝王取代了另一个帝王
江山发生了变化？

那是墓碑　也是石头
那是落叶　也是秋风
那是一个王朝　也是一捧黄土

不像箫　像埙——

守灵人的声音暗哑低缓：今年不种松柏了
种芍药
和牡丹

省　略

大地省略了一句问候　仿佛童话
省略了雪

在圣·索菲亚大教堂
谁在祈祷爱情　却省略了永远
祈求真相　却省略了那背叛的金色号角

“我想在脸上涂上厚厚的泥巴
不让人看出我的悲伤……”

上帝的额角掠过一阵在场的凄凉：唉　你们
人类
是啊……我们人类！
墨镜里　我闭上了眼睛

你　合上了嘴

十二月的哈尔滨　白茫茫的
并没有因为一场沸腾的朗诵　呈现出
一道叫奇迹的光　和它神秘的
预言般的
色彩

大雾弥漫

我又开始写诗　但我不知道
为什么

你好：大雾弥漫！世界已经消失
你的痛苦有了伟大的形状

请进　请参与我突如其来的写作
请见证：灵感和高潮一样不能持久

接下来是技艺　而如今
你的人生因谁的离去少了一个重要的词

你挑选剩下的：厨房的炉火
晾衣架上的风　被修改了时间的挂钟

上个世纪的手写体：……

人间被迫熄灭的
天堂的烟灰缸旁可以继续？　我做梦

它有着人类子宫温暖的形状
将不辞而别的死再次孕育成生

教堂已经露出了它的尖顶：
死亡使所有的痛苦都飞离了他的肉体

所有的……深怀尊严
他默然前行

一只被隐喻的蜘蛛
默默织着它的网　它在修补一场过去的大风

向　西

唯有沙枣花认出我
唯有稻草人视我为蹦跳的麻雀　花蝴蝶

高大的白杨树我又看见了笔直的风
哗哗翻动的阳光　要我和它谈谈诗人：

当我省略了无用和贫穷　也就省略了光荣
雪在地上变成了水

天若有情天亦老　向西
唯有你被我称之为：生活

唯有你辽阔的贫瘠与荒凉真正拥有过我
精神的海市蜃楼　唯有你！

当我离开
这世上多出一个孤儿

唯有骆驼刺和芨芨草获得了沙漠忠诚的福报
唯有大块大块低垂着向西的云朵

继续向西

寺

还剩下我

晚一些的黄昏
麻雀也飞走了

这寺
它的小和旧　仿佛明月前身
它的寂和空　没有一　也没有二

纸　人

我用纸叠出我们
一个老了　另一个
也老了
什么都做不成了
当年　我们消耗了多少隐秘的激情

我用热气哈出一个庭院
用汪汪唤出一条小狗
用葵花唤出豆青
用一枚茶叶
唤出一片茶园
我用：喂　唤出你
比门前的喜鹊更心满意足
——在那遥远的地方

什么都做不成了
我们抽烟　喝茶　散步时亲吻——
额头上的皱纹
皱纹里的精神

当上帝认出了我们
它就把纸人还原成纸片

这样的叙述并不令人心碎

——我们商量过的：我会第二次发育　丰腴　遇见你

青海青海

我们走了
天还在那儿蓝着

鹰　还在那儿飞着

油菜花还在那儿开着——
藏语大地上摇曳的黄金
佛光里的蜜

记忆还在那儿躺着——
明月几时有
你和我　缺氧　睡袋挨着睡袋

你递来一支沙龙：历史不能假设
我递去一支雪茄：时间不会重来

百年之后
人生的意义还在那儿躺着——
如果人生
有什么意义的话

写 作

让我继续这样的写作：
一条殉情的鱼的快乐
是钩给它的疼

继续这样的交谈：
必须靠身体的介入
才能完成话语无力抵达的……

让我继续信赖一只猫的嗅觉：
当它把一些诗从我的书桌上
叼进废纸篓
把另一些
叼回我的书桌上

让我亲吻这句话：
我爱自己流泪时的双唇
因为它说过　我爱你
让我继续

女人的　肉体的　但是诗歌的：
我一面梳妆
一面感恩上苍
那些让我爱着时生出了贞操的爱情

让我继续这样的写作：
“我们是诗人——和贱民们押韵”
——茨维塔耶娃在她的时代
让我说出：
惊人的相似

啊呀——你来　你来
为这些文字压惊
压住纸页的抖

幸　福

大雪落着　土地幸福
相爱的人走着
道路幸福

一个老人　用谷粒和网
得到了一只鸟
小鸟也幸福

光秃秃的树　光秃秃的
树叶飞成了蝴蝶
花朵变成了果实
光秃秃地
幸福

一个孩子　我看不见他
——还在母亲的身体里
母亲的笑
多幸福

——吹过雪花的风啊
你要把天下的孩子都吹得漂亮些

这　里

没弄丢过我的小人书
没补过我的自行车胎
没给过我一张青春期的小纸条
没缝合过我熟得开裂的身体……这里
我对着灰蒙蒙的天空发呆　上面
什么都没有　什么都没有的天空
鹰会突然害怕起来　低下头
有时我想哭　我想念高原之上搬动着巨石般
大块云朵的天空　强烈的紫外光
烘烤着敦煌的太阳　也烘烤着辽阔的贫瘠与荒凉
我想念它的贫瘠！
我想念它的荒凉！
我又梦见了那只鹰　当我梦见它
它就低下翅膀　驮起我坠入深渊的噩梦
向上飞翔　它就驮着我颤抖的尖叫
飞在平坦的天上——当我
梦见他！
这个城市不是我的呓语　冷汗　乳腺增生
镜片上的雾也不是　它不是我渴望的：
同一条河流　一个诗人床前的
地上霜　我抬头想什么
它永远不知道！它渐渐发白的黎明
从未看见我将手中沉默的烟灰弹进一张说谎的

嘴——它有着麦克风的形状
我更愿意想起：一朵朵喇叭花的山冈
和怀抱小羊的卓玛　神的微笑
在继续……那一天
我醉得江山动摇　那一天的草原
心中只有牛羊　躺在它怀里
我伸出舌头舔着天上的星星：
在愿望还可以成为现实的古代……
黎明的视网膜上
一块又似烙铁的疤
当它开始愈合　多么痒
它反复提醒着一个现场：人生如梦！
你又能和谁相拥而泣
汉娜·阿伦特将一场道德审判变成了一堂哲学课
将她自己遗忘成一把倾听的椅子
人类忘记疼痛只需九秒钟
比一只企鹅更短！
那颤抖的
已经停下
永不再来
只有遗忘的人生才能继续……这里
我栽种骆驼刺　芨芨草　栽种故乡这个词
抓起弥漫的雨雾

一把给阳关
一把被大风吹向河西走廊
而此刻　我疲倦于这漫长的
永无休止的热浪　和每天被它白白消耗掉的身体的激情

东郊巷

像这条街厌倦了它的肮脏　贫穷　和冷
弹棉花的厌倦了棉花堆
钉鞋人厌倦了鞋
他们允许自己
停下来一小会儿
幻想一下更广阔的生活——更广阔的
可能……

——比一小会儿更短
那更广阔的
就退缩到眼前
——生存的锥尖上

并允许它再次扎破一双瘀血和冻疮的手

十九楼

一根丝瓜藤从邻居的阳台向她午后的空虚伸来
它已经攀过铁条间的隔离带
抓紧了可靠的墙壁
二十一世纪　植物们依然保持着大自然赋予的美妙热情
而人心板结
荒漠化
厌世者也厌倦了自己
和生活教会她的……
十九楼
她俯身接住一根丝瓜藤带来的雨珠和黄昏时
有些哽咽：
你反对的
就是我反对的

时间的叙事

她好像有事　要和路人商量
她挡住他们的去路
拽着他们的胳膊　衣袖

又像有什么秘密　必须告知
后来者
她贴近了他们的耳朵
又慌忙捂紧了自己的嘴
来来回回

她扔出过土块　树枝　手里的空气
找过他们
——右派的亡灵还是造反的肉体？
又扔出围巾　纽扣　一个疯子的喊

广场上　这个女人像一片哀伤的羽毛
抖动着自己

什么使她突然安静下来——仿佛
在自身之外　她的静
很空

她踮起了脚尖——芭蕾般站着
脖子和脸
一再侧向虚无

仿佛世界是一潭冰冷的湖水
而她　是一只冻僵于 1966 年的天鹅

手写体

翻看旧信
我对每个手写体的你好
都答应了一声
对每个手写体的再见

仿佛真的可以再见——
废弃的铁道边
图书馆的阶梯上
歌声里的山楂树下
在肉体　对爱的
记忆里

在爱
爱了又爱
在一切的可能和最快之中……

还有谁
会在寂静的灯下
用纸和笔
为爱
写一封情书
写第二封情书……

——“你的这笔字就足以让我倾倒”

你还能对谁这么说？

飞雪下的教堂

在我的办公桌前　抬起头
就能看见教堂
最古老的肃穆

我整天坐在这张办公桌前
教人们娱乐　玩
告诉他们在哪儿
能玩得更昂贵
更刺激
更二十一世纪
偶尔　也为大多数人
用极小的版面　顺便说一下
旧东西的新玩法

有时候　我会主动抬起头
看一看飞雪下的教堂
它高耸的尖顶
并不传递来自天堂的许多消息
只传达顶尖上的　一点

喜　悦

这古老的火焰多么值得信赖
这些有根带泥的土豆　白菜
这馒头上的热气
萝卜上的霜

在它们中间　我不再是自己的
陌生人　生活也不在别处

我体验着佛经上说的：喜悦

围裙上的向日葵爱情般扭转着我的身体：
老太阳　你好吗？

像农耕时代一样好？
一缕炊烟的伤感涌出了谁的眼眶

老太阳　我不爱一个猛烈加速的时代
这些与世界接轨的房间……

朝露与汗水与呼啸山风的回声——我爱
一间农耕气息的厨房　和它
黄昏时的空酒瓶

小板凳上的我

没有比书房更好的去处

没有比书房更好的去处

猫咪享受着午睡
我享受着阅读带来的停顿

和书房里渐渐老去的人生！

有时候　我也会读一本自己的书
都留在了纸上……

一些光留在了它的阴影里
另一些在它照亮的事物里

纸和笔
陡峭的内心与黎明前的霜……回答的
勇气
——只有这些时刻才是有价值的！

我最好的诗篇都来自冬天的北方
最爱的人来自想象

想兰州

想兰州
边走边想
一起写诗的朋友

想我们年轻时的酒量　热血　高原之上
那被时间之光擦亮的：庄重的欢乐
经久不息

痛苦是一只向天空解释着大地的鹰
保持一颗为美忧伤的心

入城的羊群
低矮的灯火

那颗让我写出了生活的黑糖球
想兰州

陪都　借你一段历史问候阳飏　人邻
重庆　借你一程风雨问候古马　叶舟
阿信　你在甘南还好吗！

谁在大雾中面朝故乡
谁就披着闪电越走越慢　老泪纵横

望　天

望天
突然感到仰望点什么的美好

仰望一朵云也是好的　在古代
云是农业的大事
在今天的甘肃省定西县以北
仍然是无数个村庄
吃饭的事

而一道闪电
一条彩虹
我在乎它们政治之外的本义

看啊　那只鸟
多么快
它摆脱悲伤的时间也一定不像人那么长
也不像某段历史那么长

它侧过了风雨
在辽阔的夕光里

而那复杂的风云天象
让我在仰望时祈祷：
一个时代的到来会纠正上一个时代的错误

小　海

本名涂海燕，1965年生于江苏海安。毕业于南京大学中文系。著有诗集《必须弯腰拔草到午后》《村庄与田园》《北凌河》《大秦帝国》（诗剧）、《影子之歌》（长诗选集）、*Song of Shadows*（影子之歌）（中英双语版，纽约 Restless Books 出版）、《男孩和女孩（小海诗集 1980–2012）》，对话录《陌生的朋友：依兰·斯塔文斯与小海的对话》，随笔集《旧梦录》《小海随笔集》。《他们》创始人及代表诗人之一，主编过《他们：〈他们〉十年诗歌选》。他的诗歌登上《北京文学》1998年中国当代文学作品排行榜，获得过《作家》杂志2000年诗歌奖，2012年度"天问诗人奖"，2015"美丽岛"桂冠诗人奖，江苏省第2届、第4届、第5届紫金山文学奖。现居苏州。

狗在街上跑

狗在街上跑
看着我们
向我们摇尾巴
跟着我们奔跑
快快给它东西吃
让它摇尾巴
我们把它打死
又吃了它的肉

我们领略了
奇异的欢乐
和街头的
风光
我们时常往街上跑
因此
我们领略了狗的
快乐和悲伤

1980

村　子

河水要流的
要把这些岸边的船载走
留下房屋、枯草滩、竹篱笆
光秃秃的树木
远处的烟囱很高
那是一座城市
你会到那里去
让女孩儿的手吊在你的脖子上
荡来荡去
这些村子的名字
很久就流传下来
而今，这些村子
只有在黄昏来临时
才变得美丽
人们愉快的问候声
也在黄昏，才特别响亮

1981

日落时分

好像一切都躲入丛林
草地上布满星星
你是第一颗星

你在天上飞翔
不时飘舞羽毛
像远古的一位圣贤
在这个城市上空
常常有火焰噼噼啪啪

你应该告诉我
你拒绝什么
那些夜晚
幸福又空灵

有人抱着石头
有人拿着花朵
夜晚的街道灿烂辉煌
我们就在树下
享受这一切

1986

必须弯腰拔草到午后

男孩和女孩
像他们的父母那样
在拔草

男孩的姑妈朝脸上擦粉
女孩正哀悼一只猫

有时候
他停下来
看手背
也看看自己的脚跟

那些草
一直到她的膝盖
如果不让它们枯掉
谁来除害虫

男孩和女孩
必须弯腰拔草到午后

1988

小谎言

什么也不想
平平常常的小谎言
伤心的姨妈
在厨房里走
朝大门外看
手指和舌尖
轻盈又谨慎

小学生的图画纸——

他灰色的兄弟
“跑得飞快”
跑过雨水中的青草地

他口袋里
藏着一只死鸟

1988. 11. 6

悼 念

无法分别
两只杯子
它们构成
洁白的一对

一只杯子
已经摔破
它的残骸
盛满
另一只杯子

1989. 11. 25

晨　曲

万物回归大地
早晨，像一枚钉子
或者一片雪白的鱼鳞
有时，它更像一张纸牌上的人儿
握着那把执法的剑

1991. 10. 30

田　园

在我劳动的地方
我对每棵庄稼
都斤斤计较
人们看见我
在自己的田园里
劳动，直到天黑
太阳甚至招呼也不打
黑暗早把它吓坏了
但我，在这黑暗中还能辨清东西
因为在我的田地
我习惯天黑后
再坚持一会儿
然后，沿着看不见的小径
回家
留下那片土地
黑暗中显得惨白
那是贫瘠造成的后果
它要照耀我的生命
最终让我什么都看不见
陌生得成为它
饥腹的果物
我的心思已不在这块土地上了
“也许会有新的变化”

我怀着绝望的期冀
任由那最后的夜潮
拍打我的田园

1991

伙　伴

和村上的鬼魂握手言和吧
我回到九月
死者使人英俊、年青

我试图回忆
那个古怪的下午
仿佛结束了饥渴的行程
他在北凌河的漩涡中消失
又在一片刺槐地的树干上重现
丧失了任何形体的变化
当风穿过那块斜坡
那稻草人般的影像
或许是某个童年时代的谈话伙伴

村　庄（之二十一）

那人中第一的村庄沐着阳光
皂角树，在咸涩的低地生长
仿佛从我的胸口裂开
北凌河，还能将我带去多远
从溺死孩子的新坟上……皂角树

你向天空长
就像大地对苦难的逃避
你在深冬的风中喧哗
狭小而寒冷
你像那折断的成百双小小手臂
抓住无形的黑暗
摇动虚妄
就像一到时辰就开花的杏树
吐着苦水和梦想
又挤在春天盲目的大路上

1992

劝 喻

今天，我发现了一双脚印
在后坡的荒地上
又深又大
像天外来的陨石砸下的
我竟然想不起
谁会这么早
斜穿这块地
它只通向北边更贫瘠的沙碱地
这是双足有四十八码的胶鞋印

当有个人以这样的方式走过
你就会不得已而紧跟
虽然不会有更多的人加入
这冬天未垦地上的脚印
着实令我紧张兴奋起来
一直不合我心意的这块坡地
曾经搁荒很久

有一年，连那楝树上筑巢的鸟儿
也放弃了它们结实的窝

今天，当我见到有人用脚尺量这块地
我有个预感

就像风雨之夜向我开启的大门
我确信，在这附近
还没有谁有这样的一双大脚
而且，在这个季节
匆匆穿过这不成形的荒芜的坡地
这是只有我才能感知到的
一只神奇的大脚
而不是惯常
我一早起来，仅仅收获它的薄雾

1994. 2

悼念敬容先生

宇宙的律动……

——陈敬容

我知道你睡去
但黎明还会醒来
我知道你梦中抓不住
又会丢了自己
停止哭泣
喜鹊会把你从天上抱回来

我老了，不再是一个人
曾经折磨过的人性
像随波漂荡的柳叶儿
在人世间陷得如此之深

空中落下的驼背老人，尚不足月的孩子
全都找着了返回的世界
像你曾大声嘲弄过的
“比机械的物欲来得更快、更紧……”

载重卡车哐当当驶过空心街道
一个隐瞒身份的探视者闪过窗口
你终于撒手而去
吐出了属于这人世间的最后一口浊气

写给人民路80号院内的一棵树

我看见了
看见了那棵树渐渐变绿
缓慢撑开，变大了
在这个大院里
它不言语，不走动
常在树下走动的是花工老陆
双手便是他的工具
他是看守这个花坛的人

司机们爱把车停在树下
倒车有时会轻轻冲撞它一下

风来时，它要飞
风停了，它又返回花坛
它的枝蔓一直延伸到二楼女厕所里
它的叶子有时“啪”一记贴上你脑门儿
或者无声落在你肩上
下雨，我们对着它跑过去
再停下来等一等

它背部发黑，像埋过一两个死婴
临到换季就一身锯屑，像披着雪花
从伤口抽出的芽开始发黑

继而转黄，金子般

午休时刻，它吊一只白色的羽毛球
荡呀荡
大孩子们围着又蹦又叫
让老陆的梯子也派不了用场

有一趟我值夜班
听见它在月光下说话
跑出来看看，却看不懂它说什么
像个古怪的老人不跟你搭讪

春天，它掉下来的黄色花粉
铺在地上薄薄的一层
老陆默默地替它打扫干净
我常年见到老陆的洒水壶，铁铲
靠树根放置着
或者把浇花剩下的倒在它脚下

雨前，那黑密密的蚁群一早就上树
天随之黑下来
楼上的男男女女的嬉笑声
就像从天上传下来的

那天，老陆的外甥女装着啥事儿也不懂
跑过来向它请教
我看见那丫头消失了一会儿
又在树下出现
而九月的那个上访者
抖开肩上的布袋子
一只惊惶的猫“嗖”就窜上了树梢
那女人于是捶胸顿足，放声大哭

今天一早
我还是发现它长了一些小果实
奇怪得像南风里的一群小鸟儿
我数数停停，诱导、呐喊
那些果子啊
和我梦中的贡果一模一样
暂时栖身于这棵树上，令我着迷
这时，老陆悄悄走近来告诉我：
“没有用的，它是一棵雄的
两棵树分开已经很久了……”

1995. 9. 10

北凌河

五岁的时候
父亲带我去集市
他指给我一条大河
我第一次认识了 北凌河
船头上站着和我一般大小的孩子

十五岁以后
我经常坐在北凌河边
河水依然没有变样

现在我三十一岁了
那河上
鸟仍在飞
草仍在岸边出生、枯灭
尘埃飘落在河水里
像那船上的孩子
只是河水依然没有改变

我必将一年比一年衰老
不变的只是河水
鸟仍在飞
草仍在生长
我爱的人

会和我一样老去

失去的仅仅是一些白昼、黑夜
永远不变的是那条流动的大河

1996

空　寂

火车在梦里拐弯
车窗上映着你的笑
像拉着奔腾喧哗的一条河
（旅行的全家
拍打着夜的翅膀飞翔）
曾经要远去的一会儿
只是路过
大地上所有窗户都是黑洞

白霜和童年的枕木
我是虚拟的琴键
自卑，徒劳，沉默，无尽
空寂开口弹唱

一个时代的终结

街上下起了细雨
像失眠人的症状
中年李清照
又一次被婚姻征服
一片属于征服者的土地
仙鹤的队列中
没有神秘的君主
在内陆
永远是蓝色透明的田野上
积雪铺展开寒碜的道袍

在淡淡醉意中　在深渊
已茫然错失严厉的大宋
中原浑浊的风雪中回荡着
李清照的诅咒
也在南渡的车马之声中

我们为什么还要洛阳　开封
还要回到羞愧中去
面对长江的浩浩波浪

病弱苍凉的血管
像白发等待的人

从白马寺的禁院中
发出石头的呼喊

冥想——降雪

天空剩余四分之一镜面
　切割你的手腕
　山中老人已经入睡
　镜子划分了
　赤身裸体的海浪，冥想
冥想赤裸裸的肉体
　世界在一心一意地降雪

音乐的家乡

——送给李冯、贺奕诸弟兄

太阳临近落下
我在草地台阶上
唱这首歌
三分之一的地方时
李冯、姜雷还是立杆
还有贺奕、曹旭也会加入进来
他们是听到了歌还是正好路过
一直想不明白，后来索性不想了
太阳看不见了，我又开始想念他们
哪怕最后一次聚在一起
重温这首歌

“阿扎，阿扎”（领唱）
“色伽，罗色伽”（合唱）

音乐的家乡到底在哪里
仿佛同在一个天空的摇篮里
谛听黑暗，然后解散

鸟 巢

鸟巢，从冬天
光秃的树梢上
逐一现身
却难觅鸟儿的踪影
大路上
偶尔可见
孤独的行人

春天里
树叶长出来
鸟儿们渐渐飞回
它们的巢
便再也看不到了

崔莺莺

天上星河转
人间帘幕垂
——李清照《南歌子》

你高兴不高兴都是因为一件事
你成天想着这件事
甚至拒绝吃饭，拒绝起床
拖拖沓沓，容颜不整
你在花园里想到的那件事
你在梦中完成的那件事
人间只是一间病房
这是唯一的希望
你是另一个人
世界上所有的生物
都在春天
分担着你的悲伤

稻草人之歌

（诗剧《大秦帝国》节选）

一群向北的斑头雁家族说
“认识它吧，不可停留此地”
两只下雪前闲逛的乌鸦说
“瞧，它还活着”

每个稻草人
都先在天空中助跑后再落地
——从地平线上归来

冬天来临前
有人会来给它点上一把火
让它安安静静燃烧
一夜之间
平原上稻草人军队
消失得无影无踪

踏着十二月的初雪
影子一样蒙着面
稻草人翻过田埂和篱笆
孩子们列队欢呼：
“打！打倒！稻草人，稻草人”

影子之歌

（长诗节选）

二

小时候，
我常常在院子里踩我的影子，
兴奋得大喊大叫。
我对影子感到惊奇，
好像是我一个并不存在的同胞弟兄似的。

在异地老去后的晚年，
影子像一条易主之犬，
又认出了旧时的小主人，
泪水涟涟，失魂落魄。

四

树影离我的脚尖
仅仅一米
它铺开的时候还很冷
投射得那么远
像一根硕大的钓鱼线
拂动和变得微弱
也是由于阳光的手指

我趁早经过的时候
小树林还黑乎乎一片
返回时，它硬邦邦的
地上燃尽的草绳灰
已像利刃插回刀鞘

正午，反向倒下的树影弹回
迅速焦化成脚下的
一只乌鸦，背着木炭
怎么振奋翅膀
也飞不上树梢

五

影子——我们有形的养分
连接天堂和地狱
你死后，夜降临

影子，我们的一部分思想
加固着大地
你起立的方式如此另类
你尖锐，你悲观，你觉悟，你本质
火石一样擦着大地表面

我们心灵四季的防护服
光明的核心价值和金字塔
——歌唱生命的金字塔

八十二

一个淘气的孩子
点燃自己的影子玩

父亲在背后将火踩灭

胡　弦

1966年生，江苏铜山人，当代著名诗人、散文家。曾长期生活于苏北乡村，做过教师、报社记者、文化馆创作员。出版诗集《阵雨》《寻墨记》《沙漏》，散文集《菜蔬小语》《永远无法返乡的人》等。曾获诗刊社“新世纪十佳青年诗人”称号、《芳草》“汉语诗歌双年十佳”奖、《作品》年度长诗金奖、闻一多诗歌奖、徐志摩诗歌奖、柔刚诗歌奖、《诗刊》《十月》等杂志年度诗歌奖、中国诗歌排行榜2014—2015年度诗歌奖、华西都市报2015名人堂年度诗人、2016腾讯书院文学奖、2018年鲁迅文学奖等。现居南京，在某杂志社任职。

北 风

戏台上，祝英台不停地朝梁山伯说话。
日影迟迟。所有的爱都让人着急。

那是古老南国，午睡醒来，花冠生凉，
半生旁落于穿衣镜中。瓷瓶上的蓝，
已变成某种抽象的譬喻。

“有幸之事，是在曲终人散前化为蝴蝶……”
回声依稀，老式木桌上，手
是最后一个观众，
——带着人间不知晓的眷顾。

平武读山记

我爱这一再崩溃的山河，爱危崖
如爱乱世。
岩层倾斜，我爱这
犹被盛怒掌控的队列。

……回声中，大地
猛然拱起。我爱那断裂在
空中的力，以及它捕获的
关于伤痕和星辰的记忆。

我爱绝顶，也爱那从绝顶
滚落的巨石一如它
爱着深渊：一颗失败的心，余生至死，
爱着沉沉灾难。

后　主

他喜欢投壶，饮酒，填词，把美人
认作美狐。
“雪是最大的迷宫。”他喜欢旧句子中
别人不曾察觉的意义。
——河山不容讨论，但在诗中是个例外。
他喜欢指鹿为马——雪给他造出过一匹马。
“雪并不单调，因为白包含的
总是多于想象。”
雪继续下，雪底的雕栏像输掉的筹码。
一个压低了的声音在说：
美哦，让人耽留的美，总是美如虚构！

讲古的人

讲古的人在炉火旁讲古，
椿树站在院子里，雪
落满了脖子。
到春天，椿树干枯，有人说，
那是偷听了太多的故事所致。

炉火通红，贯通了
故事中黑暗的关节，连刀子
也不再寒冷，进入人的心脏时，暖洋洋，
不像杀戮，倒像是在派送安乐。

少年们在雪中长大了，
春天，他们进城打工，饮酒，
有些染上花柳病，后来，
不知所踪。

要等上许多年，讲古的人才会说，
他的故事，一半来自师传，另一半
来自噩梦——每到冬天他就会
变成一个死者，唯有炉火
能把他拉回尘世。

“因为，人在世上的作为不过是

为了进入别人的梦。”他强调，
“那些杜撰的事，最后
都会有着落（我看到他眼里有一盆
炭火通红），比如你
现在活着，其实在很久以前就死去过。
有个故事圈住你，你就
很难脱身。
但要把你讲没了，也容易。”

传奇：夜读——

与她的欢快如风相比，我是
木讷的，
我想跟上她的节奏，
这怎么可能？我是在
重复树叶做过的游戏。
风吹一遍，她变成了小妖；
风吹两遍，她剪烛，画眉，吐气如兰；
风吹着光线，她像阴影一样跑来跑去。
她说立志做个良家女子，这怎么可能？
一千年前她被编造出来，拐进传说里不见了，
但打开书本就会跑出来，
不谙世事，让我叫她
小狐狸，这怎么可能？
她旋转，笑，小腰肢
收藏着春风和野柳条的秘密。
她就像风，一千年前她就被
放进了风里。没有年龄的风呵，
吹着时间那呆板的心。
她说不想再回去了，这怎么可能？
夜已深，当我合上书本，
灰尘闭着嘴唇，月亮走过天井，大窗帘
像她离去时衣衫的飘动。

过洮水

山向西倾，河道向东。
流水，带着风的节奏和呼吸。
当它掉头向北，断崖和冷杉一路追随。
什么才是最高的愿望？从碌曲到卓尼，牧羊人
怀抱着鞭子。一个莽汉手持铁锤，
从青石和花岗岩中捉拿火星。
在茶埠，闻钟声，看念经人安详地从街上走过，河水
在他袈裟的晃动中放慢了速度。
是的，流水奔一程，就会有一段新的生活。
河边，錾子下的老虎正弃恶从善，雕琢中的少女，
即将学习把人世拥抱。
而在山中，巨石无数，这些古老事物的遗体
傲慢而坚硬。
是的，流水一直在冲撞、摆脱，诞生。它的
每一次折曲，都是与暴力的邂逅。
粒粒细沙，在替庞大之物打磨着灵魂。

嘉峪关外

我知道风能做什么，我知道己所不能。
我知道风吹动时，比水、星辰，更为神秘。
我知道正有人从风中消失，带着喊叫、翅、饱含热力的骨骼。
多少光线已被烧掉，我知道它们，也知道
人与兽，甚至人性，都有同一个源泉的夜晚。
我的知道也许微不足道。我知道的寒冷也许微不足道。
在风的国度，戈壁的国度，命运的榔头是盲目的，这些石头
不祈祷，只沉默，身上遍布痛苦的凹坑。
——许多年了，我仍是这样一个过客：
比起完整的东西，我更相信碎片。怀揣
一颗反复出发的心，我敲过所有事物的门。

春风斩

河谷伸展。小学校的旗子
噼啪作响。
有座小寺，听说已走失在昨夜山中。

牛羊散落，树桩孤独，
石头里，住着一直无法返乡的人。
转经筒转动，西部多么安静。仿佛
能听见地球轴心的吱嘎声。

风越来越大，万物变轻，
这漫游的风，带着鹰隼、沙砾、碎花瓣、
歌谣的住址和前程。

风吹着高原小镇的心。
春来急，屠夫在洗手，群山惶恐，
湖泊拖着磨亮的斧子。

沙 漠

——这从消逝的时间中释放的沙，
捧在手中，已无法探究发生过什么。
每一粒都那么小，没有个性，没有记忆，也许
能从指缝间溜走的就是对的。

狂热不能用来解读命运，而无边荒凉
属于失败者。
只有失去在创造自由，并由
最小的神界定它们的大小。而最大的风
在它们微小的感官中取消了偏见。

又见大漠，
又要为伟大和永恒惊叹。
而这一望无际的沙，却只对某种临时性感兴趣。
沙丘又出现在地平线上。任何辉煌，到最后，
都由这种心灰意懒的移动来完成。

啜 泣

一直有人出生，带着新鲜的哭声；
一直有人攒钱，想把痛苦的心，从贫困的躯体里赎出；
一直有人拿不定主意，不知道该把一堆木头
做成迎亲的花轿，还是打造一具棺木。

死去的亲人，灵魂变成了雪花。
在这轻飘飘的雪花中，我们的肉身更沉。
一直有人在唱戏，在雪地上踩下凌乱的脚印……他老了，
他在教弟子怎样甩袖、念白，和低低地啜泣。

两个人的死

一个叫建设，那年六岁，死于
胆道蛔虫病。我记得他抱着肚子，
俊俏的小脸因痛苦而扭曲，背
死死抵在绑着疙针的小杨树上。
他的父母都是哑巴，除了贫穷，
没有钱、药，甚至连语言也没有。

另一个叫王美娟，死于十三年前，
二十六岁，因为宅基地、丈夫酗酒……外遇……
她喝下半瓶农药，在大队卫生室
折腾了大半夜。没救活。

两个人的死，相距
二十年，他们用自己的身体，带走了
一部分病，让这个世界上的苦难
不至于过分拥挤。

他们都是我的小学同学，同龄，同班。
但在阴世，他们的年龄却相距悬殊。
如今我想起这些，因为
我正走过这片墓地。他们的坟包
相距不远，串个门，
也许用不到三分钟。在另一个世界，

哦，假如真的有另一个世界，
我愿他们相逢。
——死过的人，不会再有第二次死亡，
我愿他们辨认，并且拥有
在人间从未得到过的幸福；
或者，一个是儿子，另一个
做他善良的母亲。

记一个冬天

屋瓦上压着厚厚的雪，母亲
坐在门内纳鞋底。
麻雀偶尔来院子里觅食，又匆忙飞去。
那是些阳光很好的日子，风从高高的云天外吹过来，带着
苦楝树的气息。
那也是一个平静的冬天，父亲一直在做家具。
院墙上的枯藤长长的，仿佛可以长过人的一生。
时日缓慢，雪水嘀嗒，辛酸之物悄悄融化。
我在刘集镇教书，放寒假，闲逛，写诗。
年关将至。过罢年，小妹将出嫁，而在重庆打工的弟弟
还没有回来。母亲
常常走到门楼下朝村口张望。
煤矸石路上，偶有从徐州开来的班车。每当烟尘散尽
田野上的雪，似乎更白，也比原来更加寂静。
如果多站一会儿，远处，祖父母的坟便依稀可见，
——他们去世多年，已很少被提及。

路

它受命成为一条路，
受命成为可以踏上去的现实。
它拉紧脊椎扣好肋骨因为人多，车重。
当大家都散了，它留在原地。
在最黑的夜里，它不敲任何人的门。
它是睡眠以外的部分，
它是穿越喧嚣的孤寂，
比阶层直，比尘埃低，比暴政宽，身上
印满谵妄的脚印。
当它受命去思考，蟋蟀开始歌唱。
它废弃时，万物才真正朝两侧分开，一半
不知所踪；另一半
伴随它的沉默并靠向
时间的尽头。

更衣记

旧衣服的寂寞，
来自不再被身体认同的尺度。
一条条纤维如同虚构的回声，
停滞在遗忘深处。
在镜子里，我们不谈命运；
在酒吧，那个穿着线条衫的胖子，
像在斑马线里陷入挣扎的货车。
长久以来，折磨一件衣服
我们给它灰尘、汗、精液、血渍、补丁；
折磨一个人，我们给他道德、刀子、悔过自新。
而贯穿我们一生的，是剪刀的歌声。
它的歌开始得早，结束得迟。
当脱下的衣服挂到架子上，里面
一个瘪下去的空间，迅速
虚脱在自己的空无中。

金箔记

金箔躺在纸上，比纸还薄，
像被小心捧着的液体。
平静的箔面，轻吹一口气，
顷刻波翻浪涌，仿佛早已崩溃、破碎，
又重新敛起，并藏好的东西。

锤子击打，据说须超过一万次，
让人拿不准，置换是在哪个时刻完成。
这是五月，金箔已形成。同时形成的
还有权杖、佛头、王的脸……
长久的击打，并不曾使金子开口说话，
只是打出了更多的光。
——它们在手指和额头闪烁，
没有阴影，无法被信仰吮吸。

马戏团

不可能一开始就是锣，
一开始就是猴子和铃铛。

狗熊裹着皮大衣，心满意足，
理想主义的鹿却有长久的不宁。
不可能一开始就是铁笼子，
就是算术、雪糕、绕口令。

不可能一开始马就是马，
狮子就是狮子；不可能
一开始就到了高潮，就宣称
没有掌声无法谢幕。

不可能一开始就和气一团；
就把头伸进老虎嘴里。
观众鼓掌，打呼哨，连猎人
也加入了进来。不可能一开始
猎人就快乐，老虎也满意。

撒旦酣睡，艺术驯良，
天使从高处忧心忡忡飞过。
在这中间是马戏团的喧哗。
不可能一开始就这么喧哗。

不可能一开始就是火圈、
糖块、道德的跳板；
金钱豹，不可能一开始就爱钱；
头挂锐角的老山羊，不可能
一开始就是素食主义者。

林 中

回忆漫长。椴树的意义用得
差不多时，剩下的
才适合制成音乐。

午后的水杉如朝圣者。
花岗岩的花白有大道理。

“风突然停了，有人已转身有人
尚在肺叶间迟疑……”
太阳来到隐士的家而隐士
不在家。

乌桕拍打手上的光斑，
蓝鹊在叫，有人利用这叫声
在叫；甲虫
一身黑衣，可以随时出席葬礼。

饮　酒

大寒。田野释放出更多空旷。
风一阵一阵吹，让那些
想落脚的事物重新启程，继续其漂泊。

餐桌上落下浑浊夕晖。老屋如父。
有种遗传的烈性在搀扶饮酒人、踉跄着
去土墙外撒尿的人。
天宇中，灼焰涌动，
来历不明的燃烧让人不得安宁。

菊花残。不见土拨鼠，
它们藏身于黑暗地下，从不求救。
——也许就在今晚，一颗
陌生的星就会运来大雪。

星 相

老木匠认为，人间万物都是上天所赐。
他摸着木头上的花纹说，那就是星相。
我记得他领着徒弟给家具刷漆的样子，某种蓝
白天时什么都能刷掉，到了夜晚，则透明，回声一样稀薄。
他死时繁星满天。什么样的转换
在那光亮中循环不已？
能将星空和人间搭起来的还有
风水师，他教导我们，不可妄植草木，打井，拆迁，或把
隔壁的小红娶回家，因为，这有违天意。
而我知道的是，老家具在不断掉漆，
我们的掌纹、额纹……都类似木纹，类似
某种被利斧劈开的东西。
——眺望仍然是必需的，因为
老透了的胸怀，嘈杂过后就会产生理智。
“你到底害怕什么？”当我自问，星星们也在
朝人间张望，但只有你长时间盯着它们，
它们才会眨眼——它们也有不解的疑难，类似
某种莫名的恐惧需要得到解释。

蚂　蚁

蚂蚁并不惊慌，只是匆忙。
当它匆匆前行，没人知道它想要什么，尤其是
当它拖动一块比它的身体
大出许多倍的食物时，你会觉察到
贪婪里，某种辛酸而顽固的东西。
有时成群结队的蚂蚁会形成
一条黑色小溪，纤细脚爪
拖动光阴细碎的阴影；而无数
沿着触须消逝的瞬间，是变形的苦楚，如同
它建在墙根的巢穴，同样隐秘，
不被注意，让我拿不准
是什么，正通过那里向黑暗中流去。
雨水洇坏过天花板，巢穴一直安然无恙。
风雨之夜，我读报、倾听，没有蚂蚁的消息。我知道，
我们都爱着自己的沉默，就像爱惜自己的家
那简陋的入口。有次买家具，我把床
拆成几段，好让它从房门安然通过。另一次
是拆迁，础石被撬掉了，我忽然想到蚁穴，但，
所有的蚂蚁都已无影无踪。
偶尔，有刺疼从皮肤上传来，我的手
拍过去，一只小蚂蚁已化作灰尘……
——我几乎不再懂得悲伤，但我知道什么是
蚂蚁的忧虑；所以，

看见细小的枯枝，我会想到庙宇中宏大的梁柱。
另外一些情景稍有不同，比如
一只落单的蚂蚁爬上我的餐桌，仿佛在急行中猛然
意识到了什么，停住，于是有了一瞬间的静止。
在那耐人寻味的时刻，世界上
最细小的光线从我们中间穿过：它把
圆鼓鼓的小肚子，
柔软地，搁在我们共同的生活上。

裂　隙

从完整的事物，它开始，
让一颗没有准备的心，
突然有了此岸与彼岸。

于是，有人学习造桥，
有人学习造船……

一个奇怪的幽灵在掌控这一切，
并为远航
培养出了出色的水手。直到

它彻底裂开，
互不相干的两半被一段
空白隔开。

看上去，各自完整；
看上去，裂隙仿佛已不在现场。

影　子

——沉默而平静。间或，
用猛烈的摇晃
表达不属于自己的焦灼。

当你沉思，它谦逊地
陪着你沉思。
有时则拉长，拉长，像你留在
生活中的把柄。
但从没有谁能抓住它，
当你起身，它立即
从复杂的境况中抽身离去。

随时变形，并用变形
保留一种很难被理解的真实。
追逐光对你的
每一种叙述；触摸世界以其
万物难以觉察的手，

不被注意，但从未离开，只是你
并不知道这意味着什么。

偶尔，会用突然的变形迎面出现，
吓你一跳。

而当你朝它问询或吼叫，
它坚持认为：
有声音的事物都是荒谬的。

绳　结

绳上有个结。绳子
就是在那里找到自己的。

一个死结。任你怎么用力也无法
把它从里面拉出来。

通常，绳子活在一根平滑的线上。
但它内心起了变化，一个结
突然变成身体陌生的部分，被缚住，
并于绷紧中一再被确认。

如同连自身
也不肯放过的仇恨，这用力
拉拽过的结已很难凭回忆解开。
——它认出了思虑无法捕捉的东西，
束紧它，不松开。

小谣曲

流水济世，乱石耽于山中。
我记得南方之慢，天空
蓝得恰如其分；我记得饮酒的夜晚，
风卷北斗，丹砂如沸。

——殷红的斗拱在光阴中下沉，
老槭如贼。春深时，峡谷像个万花筒。
我记得你手指纤长，爱笑，
衣服上的碎花孤独于世。

先 知

在故乡，我认识的老人
如古老先知，他们是
蹲在集市角落里的那一个，也是
正在后山砍柴的那一个。

他们就像普通人，在路口
为异乡人称一袋核桃；或者，
在石头堆里忙碌，因为他们相信，
凿子下的火星是一味良药。

给几棵果树剪枝后，坐下来
抽一袋旱烟。
在他们的无言中，有暗火、灰烬，
有从我们从不知晓的思虑中
冒出的青烟。

抽完后，把烟锅在鞋底上磕两下，
别在腰间，就算把一段光阴收拾掉了，
然后站起身来……

当他们拐过巷口消失，你知道，
许多事都不会有结尾。而风
正在吹拂的事物，
都是被忘记已久的事物。

风

也许你永远不会知道，
风在怎样经过。

当一个人远去，没有音讯，
只有风声。当一个人
从远方归来，
已变成一段难以把握的感情。

也许你永远不会知道，
风在带走，还是在放下，
穿过某个事件时，它曾怎样
与那中间的火苗相遇。

它吹着岩石，推敲其沉默；
吹着水，吹着患有不孕症的平面。
有时，你以为一切都过去了，
但风在吹，过往的一切
又在风中重来。

有时没有风，寂静
像一种面向虚无的呼吸。
有时，风吹着吹着就散了，
带着根深蒂固的伤感。

有时大风过后，码头和船
像剩在世间之物。
但你仍然不知道，风
是个虚构的秘密，
还是某种无法探究的实体。

烟 缕

运走玉米，播撒麦种。
燃烧秸秆，烧掉杂草、腐叶……
已是告别的时辰，
就像烟缕从大地上升起。

年月空过，但仍可以做个农夫，
仍可栽枝栽树，种菜种豆，
无所事事地在田埂上散步，让旧事
变得再旧一些。

种子落进泥土，遗忘的草就开始生长。
万物在季节中，爱有的耐心，恨也有。
但这是告别的时辰，每一缕烟
都会带走大地的一个想法，
并把它挥霍在空气中。

黑白石子

从前，西藏有个强盗
叫潘公杰，杀人越货多年后，
幡然醒悟，剃度礼佛。
他修行的法子是：
心有一善念，面前放一白石子，
心起一恶念，面前放一黑石子，
待石子尽白，他已被叫作
高僧潘公杰。
公元 2015 年，我来西藏，
见冰川、戈壁、河畔多石子，
大者如斗，小者如指，为风
和流水造就。
于是想起潘公杰，于是想起
以流水之慢，祛恶如剥皮，
以风沙之快，持善如诛心。
一双杀戮的手到最后
接受的竟是小石子的教育。
而黑与白，每次微小的移动，
宗教与人心中
都有雪崩生，有高原起伏。
指尖冷，天堂远，地狱
始终不远不近跟着。

池凌云

1966 年 12 月出生于温州瑞安。当过教师、记者、编辑，1985 年开始写作。著有诗集《飞奔的雪花》《一个人的对话》《池凌云诗选》《潜行之光》，部分诗作被翻译成德文、英文、韩文、俄文等。2010 年 10 月，获《十月》诗歌奖。2012 年应邀参加“金达镇文学节”以及韩国外国语大学举办的“韩中诗歌朗诵会”活动。2014 年，美国重要文学杂志《今日中国文学》刊发其作品及评论。现居温州。

布

赤裸的人无法站立
她羞愧这些不属于自己的群山
随时都要崩塌
她需要一块布让自己得到宽恕

一个自建的囚所，出逃的蓓蕾
得到暂时的安全
习惯的外套裹住时间留下的标记
把一个个盛夏带向寒冬

幽谷中盛开的棉花
不再抛掷悲伤和欢乐的花瓣
亲近每一寸在不安中日渐衰弱的肌肤
代替神祇的眷顾

她绵长的呼吸长过我的一生
安静地吸收一个湖泊的泪
在有太阳的日子晾干。见证一个人
一条河流的流逝

她所承载的巨大的沉默
使她看上去更加忠贞

2004. 6. 11

游　船

——致希姆博尔斯卡

如果你事先与整条河流约好
如果斯提克斯河的水通向每一条河流
你坐的船只很小，就像你看见的事物
仅能运载你一人。你停下来
像一个心怀歉意的女神
让水从身边安静地流走。

要是河流能变得更宽些
你亲近的人在不远处的堤岸上
为你照顾好柔软的外套
没有人能分享你的权利
孤独的亡魂将倾听你
飘在空气中的美妙的告诫。

告诉他们广阔的前景值得惊奇
多么合适，你所做的一切令人欣喜
我喜欢你白色 v 领上衣，暗色的短裙
我听到整条河流都在说——
这个女人来到这条河流上，她是那么可爱
两只手握着两片薄薄的船桨
令所有见到的人高兴。

2004. 12. 23

安息日

——兼悼林昭

请给带两副镣铐的人取下一副
让她暂时离开小小的黑房间
移步到那丛绿色植物边
呼吸清新的空气，说出要说的话。

院墙外快乐的舞蹈加重了迷雾
盲目的热情筑起高台，是谁在欢呼？

请给她热水和白色衬衣
原来那件已经脏了，遮住了光线
后来的人看不清她匆忙中写下的诗句
以为世界已在一股热浪中毁坏。

这么多心甘情愿被奴役的人
他们从不感到惊讶，已看不清自己。

请给她爱，让她成为母亲
冲着襁褓里的婴儿微笑
用女中音吟唱流传百年的摇篮曲
等待他成为一个品学兼优的少年。

无休止的审讯让一个患病的人健康
无数健康的人病倒，在共同的身体里循环。

请给她丝质头巾，还她带露的早晨
让她在人群中走来，大声斥责
停住的呼号。一名自由的战士
让遗恨的人当面说出哀叹。

曾经是危城，现在是安葬她的无边的疆域
在未名湖畔，草、木和永恒的时间里。

2004. 12. 31

交　谈

此刻，我伸出的手是一个独立的省份
是否已握住你？我的南方
寒流在春天通过
你在远方，或另一个季节
刚刚结束一场胜利的战役
为我的失败和付出的一切找到源头。

我信赖这种支付方式
当一个人得到，另一个人必须付出
我看见土地干裂，犁铧淌尽汗水
燕子失去整个家园
而你的周围鲜花开放，河水暴涨
世界将因此得到平衡。

我在这个安静的下午
反复诵读古老的训诫
从各色各样的果实中获得种子
以劳动换来粮食和衣物
不大声喧哗，小心过斑马线，靠右行
却在深夜为自己辩护：
部分河流并不流向大海。

对于你来说，我只是一个瞬间

你按住疼痛的太阳穴时想起的
一个陌生人的命运
她的过去和未来并不重要
而我一直在加深对你的谅解
并赞许你的胜利——一个我不认识的人
在另一个地方，被我珍惜。

2005. 3. 5

在印度大地上

赛格王树和以丽安树站在一起，
看见有人跌倒，却以无言来约束自己。

牛拉着装满甘蔗的木板车，
赶车人没有扬鞭，来自大地的甜就要回家。

步行的人们时常停下来歇息，
陪伴心中的神，或等待下一缕阳光。

几个孩子荡着树枝做的秋千，
有时离天空近一点，有时离大地近一点。

2005. 12. 20

麻醉术

试试曼陀铃花做成的蒙汗药
试试吗啡，或者乙醚
大夫，那么多人正在忍受痛苦
这可是你的职责，给她镇痛
让她感到痛苦真的减轻了
相信坏死的组织已经切除
伤口并不深，而且正在愈合。

幻觉也能挽救生命
需要在一个人身上动刀子时
先要使用麻醉术
让她感到安全和舒适
可以握住她的手，和她说话
直至她昏睡，无需再去抵抗。

“我感到呼吸困难，说不出话，
我以为自己要死了。有人按住了我。”
一个我熟悉的人说起麻醉的经历
面无表情。她看见沾满血的刀子
在她的脖子上移动，却没感到痛
从此她变得冷静
她周围的人都在庆幸。

一定要使用麻醉术，大夫
即使只是暂时的欺骗
即使一些病痛永远无法治愈
你要让她相信
日复一日，多少人依靠麻醉术
继续活了下来。

2006. 9. 13

到一棵树中去

我无法描绘一棵树
它的憧憬引来永无终结的风
所以，到一棵树中去。

我不了解毫无保留的枝杈
那绿色，像要记录下什么
所以，到一棵树中去。

要医治一天的扭曲和贫乏
轻易就熄灭的火，被一个念头捆住
所以，到一棵树中去。

它比我看得更清楚——
生命之美深藏于根须和落叶
空气和土壤互相唤醒，获得新的素质
所以，到一棵树中去。

2008. 1. 22

从一座房子到另一座房子

从一座房子到另一座房子
再也找不到一个熟悉的人
这是一个什么游戏啊——

我们曾轮番躲在衣柜里
不出声，不让别人找到我们
一切爱所需的训练：看谁的孤独更持久。

后来，我们忘记了要去找到对方
习惯了默默无闻地生活
宛如躲在一个大箱子里。

然而，这一次是最后一次
我知道，你再也不会来找我
我们早已是没有名字的失踪者。

2008. 2. 27

玛丽娜在深夜写诗

在孤独中入睡，在寂寞中醒来
上帝知道你是什么样的人，玛丽娜
你从贫穷中汲取，你歌唱
让已经断送掉的一切重新回到椅子上。
你把暗红的炭火藏在心里
像一轮对夜色倾身的月亮。
可是你知道黑暗是怎么一回事
你的眼睛除了深渊已没有别的。
没有魔法师，没有与大海谈心的人
亲爱的，一百年以后依然如此
篝火已经冷却。没有人可以让我们快乐
“人太多了，我感到从未有过的寂寞”
为此我悄悄流泪，在深夜送上问候。
除此之外，只有又甘甜又刺痛的漆黑的柏树
只有耀眼的刀尖，那宁静而奔腾的光。

2009. 4. 26

透过时间

一个老人回到病榻上
让一个英俊的少年慢慢出来
他管住他已很多年
双眼皮的大眼睛拖住清晨的光线
和蛛网。从未做过坏事
也没有做值得宣扬的大事
他的鼻梁高而直，像一架独自驾驶的
傲慢的马车。没有返回
他做到了：没有怨言
用根须抓住泥土，做一棵静谧的树
让叶子回到大地
但他什么话也没说
那么多风风雨雨都消失了
只有秋天涌动的云朵
朝冬天行进的天空
擦出银亮的火花。

2009. 11. 18

黄昏之晦暗

总有一天，我将放下笔
开始缓慢地散步。你能想象
我平静的脚步略带悲伤。那时
我已对我享用的一切付了账
不再惶然。我不是一个逃难者
也没有可以提起的荣耀
我只是让一切图景到来：
一棵杉树，和一棵
菩提树。我默默记下
伟大心灵的广漠。无名生命的
倦怠。死去的愿望的静谧。

而我的夜幕将带着我的新生
启程。我依然笨拙，不识春风：
深邃只是一口古井。温暖
是路上匆匆行人的心
一切都将改变，将消失
没有一个可供回忆的湖畔。甚至
我最爱的曲子也不能把我唱尽
我不知道该朝左还是朝右。我千百次
将自己唤起，仰向千百次眺望过的
天空。而它终于等来晦暗——这

最真实的光，把我望进去
这难卸的绝望之美，让我独自出神。

2010. 4. 30

笛子呈现

我整天怀着一份隐秘的感情
念想一只笛子。
不是因为独奏，或者合奏
而是那一个清凉的吹孔后面
紧跟着一个膜孔，
不能错位的六个按音孔
和两个出气孔。在一条直线上
它们如何引着锋利的小刀
让自己变得圆润光滑。
吹奏的人与聆听的人
用声音相见。就像水和水波
之间的震荡。难的是
一个孔与另一个孔之间
不能太远，也不能太近。
这是笛子的艰难时刻。
而所有技艺都是神圣的，
这仪式已经流传了数千年，
吹奏与寂止的融合，
绵绵无尽的涌泉。被烤热
把一节白竹或紫竹调得
笔直。捅节，捅节。以浪涌的
弧度，以平头的圆铁棍
把每一节都捅穿，

让内壁光洁如压过的铁轨
等待饮泣的逆转，
或鼓噪一丝艰难的光华。
当一只熟练的手，在笛子的一端
放进软木塞，再用铁棍
轻轻推到一个合适的位置，
它的喉咙没有因此而哑掉。
只有使用笛子的人知道，
温度能使音阶发生变化，
这是一切笛子的秘密——
它为美的旋律燃焰，却无法
为全部受难饮尽鸩酒。

2010. 7. 14

所有声音都要往低音去

日出时，所有声音都要往低音去。
夜的运动把伸出的幼芽压碎，
露珠与泪珠都沉入泥土
一切湮灭没有痕迹。唯有
盲人的眼睑，留在我们脸上
黑墨水熟悉这经历。一种饥饿
和疾病，摸索葛藤如琴弦。
我们的亲人，转过背去喘息
他们什么也没说，他们无法洗净
身边的杂物。黑夜的铁栅
在白天上了锁，没有人被放出去。
没有看得见的冰，附近也没有火山。

2010. 10. 9

你的生日

我不能再跟你提起多年前那个正午
就像我无法预知你今后的足迹
在黄昏与清晨之间，你的孤独
堪比落下的夜露与落叶。从旋转的
容器，你独自取出我的碎语
我浮沉的脸。你的所有动作
驱使我对一只小鸟倾心。

要是我能重新开始就好了
我们会有一头真正的木马
改变奔跑的路线。你知道原因：
那一直在风中回响的庭院的模型
不是你期望的爱。但我们
一生都得靠着它。梦，一直要求
心跳得更加剧烈。

需要告诉你，你有足够的出生的荣誉
你的父亲曾长久地守着一个小站
我在傍晚时到达，也曾红着脸
不善言辞。但我有一双冻僵的手
被冬天攫去。你要了解它
一次次抚过你熟睡的眼睑
希望安宁更久一点。

希望有另一种星星，成为你眼中的
灯火。为此，我在每一个夜晚守望
你是唯一的，就像不倒的竖琴
那十个月，我低头在街边行走
唯恐碰到熟人。但这么好的音乐
在空中萦绕。你一定看到了，我在流泪
不会有另一种祝福像这一种
不会有另一种焦虑，像哀伤的大地
如此热情，并求助于你。

2010. 3. 31

我腰系一根草绳

天空一层层降落。你刚从火中出来
炫目而柔软，全身都是韵律
为了不使自己迷路，我跟随
这洁白的灰。我害怕爱上这仪式：
空虚的天空
装着一颗空虚的心。

在你的葬礼上，我们一起度过
艰难的时光。我知道
咒语无用，逝去的不再回来。
而你一定能看见，我腰系一根草绳
围着插满七彩旗幡的灵柩转圈，
草绳的一头是我，另一头是灰。

我守护着被你遗忘的表情，
你的眼睛、鼻子和嘴唇
在我的脸上变得炽热。
烟霞跃过。我一直跟随你，
顺三圈，再逆三圈
让所有未被发现的路得到完成。

现在，我已经是火的女儿了，
我跟随你的节拍。你敞开的

脚步，沉默的声音
在疾驰。而你的呼吸，跟随
我的呼吸。永恒的沉寂
在咸涩的空气中。

2010. 2. 22

未写之诗

一首未写之诗让我愈加孤独
我独处，是为了与它在一起。

我还未开口，就为它哑默：
一种死亡，需要一具躯体
来完成。一种易逝的爱
需要持久的伤害来照亮。

我摩挲留下的事物
伴一根金黄的稻草起舞
替它衰败，却从不曾
真正得到它。

2010. 8. 25

海百合

当它一步步退到深海
开成一朵海百合，这世上
最孤独的花，现出了地平线。

我的道路也在悄悄回转。
风吹着流水也吹着新建的塔楼，
潜流在栅栏之间打上金黄的印记
送出海百合的种子。

这守护光明的柔软的黄金，
轻如羽毛的叶瓣与火焰共舞。
这古老的深海之殇，退守的
终点，让一切死而复生。

2010. 9. 3

四月的物象

一次又一次，我站在临河的窗口
看运泥船经过。小河的波浪
没有给它伴奏。而远道而来的
音乐，每天都在变换，
有时献上一朵闭合之花。

我没有什么要对一艘运泥船说。
很多次，我放下手中的书来到窗前，
只是看着运泥船经过。
想起一个女孩眉毛弯弯。
想起一只燕子飞入薄云。
唯有微风催动羽毛，一年比一年凄凉。

2011. 4. 19

一朵焰的艰难

羊在水晶里闪光，不离开，这多么重要。
它在里面轻轻举起一只前蹄，
常年如此。一朵焰
从不曳着一缕轻烟。没有裂缝。
我确信，一只羊住在水晶之中。
天空每分钟都在变暗，
我没有感到惋惜。一朵焰
游动时带着轻轻的蹄音
越过无名的废墟，越过
秘密的尖叫。到处都是废墟。
被一朵焰折磨的废墟。
但一只羊住在水晶里，
它的胸中没有一点杂物。
它的呼吸怎么样，没有人知道。
一朵焰，允许衰老
间接的爱。

2011. 5. 12

让枯萎长高一点

让枯萎长高一点，再去收割。
让接骨木，接住渴念死亡的沟槽。
让灰色的嘴唇独自言谈。

让天黑得晚一点，草木在地上画出颜色。
让泉水带上微光，经过绝望的黑洞。
让笔锋站立，刀斧自己出门。

2011. 10. 29

野　花

在冬天，河流被眼眸烧焦，
不知野花为何还在开放？
她们一次次被斩首
给她们无知的颜色抵罪。

小瀑布的清澈被吞尽。
漆黑的风，给死寂的呼吸
以庇护。湿润的野花给我们留下标记
要我们插进泥土，朝山冈哭泣。

2012. 1. 20

另外的海

在另一个海，海浪
一层层向我涌来，暗示我
它爱过的人，怎样死在它怀里。

它与我熟悉的海一样
充满秘密。要收留那么多
温暖的事物，需要一颗
巨大而冷酷的心。而人们
喜爱它一次次突破极限
给流逝的一切以价值。

我突然很害怕，海浪的魔术
也曾向不祥之地推进：
有人将上衣口袋装满石子，
为了在水下素馨，洁白
顺利说话。

我们被毁坏的喉咙干涩。
当我们喝水，才知道
只有低头才有伟大的相逢，
飞溅的泡沫，曾抱住闪电
穿越道路。

2012. 2. 11

是谁点燃道路两旁的火把

在这里，一到夜晚
道路两旁就肃立许多火把。
有人把外衣涂上银色的涂料
坐在路边的休息带，扮演一个沉思者。
他的银色帽子与头发粘在一起，
眼睛盯视某个不存在的东西。

而不远处，另一个金色的人降临，
他在扮演机器人，全身涂满金色的颜料，
手臂僵直，神态平静。
不管行人对他做了什么
他不能说，也不能动。

行人越来越多，穿着内衣的
小丑，也打着手鼓登场。
如果小丑没有出现
我会相信一切都是真的：
有一种新生，只需涂上颜料——

尤其当火光穿过面具
流入黑衣人的心脏。但
是谁点燃道路两旁的火把？许多脸
曳着荒寂游动。一切正在发生

在一个最深的面孔被抹去的夜晚，
我默默行走，双眼漫上泪水。

2012. 8. 11

寻找一间打铁铺

无数次，我在夜色中匆匆上路
寻找一间打铁铺。
我走遍一条条大街小巷
寻找那被熔化的铁，那奋力
高高举起的大铁锤——

无数次，我从变旧的日子中出来
四处寻找一间打铁铺。
我猜想，总有一些铁匠守在炉边，
吭哧吭哧地拉动风箱，
把通红的炉火烧得更旺，
让火光冲破沉闷的黑夜，
像一种爱抚，穿破黑暗。

我一开始很兴奋，披上一件单衣上路。
我在路上疾行，脸上泛起红晕，
后背出汗，两眼捕捉楼宇和旷野中的光。
我每天出门，都在寻找那间打铁铺，
直到一个又一个寒冬来临。

我最终没有找到它。我的两眼
因漫上泪水而看不清道路。
但我知道，就在某一处

一定有一间打铁铺隐藏在那里，
铁匠们在用大铁锤狠命敲打烧红的铁器，
那火红的解冻层
原先是铁浆，后来露出锋刃——
一把刀慢慢成型。

2015. 8. 16

西　渡

诗人、诗歌批评家。北京大学中国新诗研究所研究员。北京大学文学学士、清华大学文学博士。1967 年生于浙江省浦江县。1985 年考入北京大学中文系并开始写诗。20 世纪 90 年代以后兼事诗歌批评。著有诗集《雪景中的柏拉图》《草之家》《连心锁》《鸟语林》，诗论集《守望与倾听》《灵魂的未来》，诗歌批评专著《壮烈风景——骆一禾论、骆一禾海子比较论》。部分作品译成法文，结集为《风和芦苇之歌》（Éditions Fédérop，2008）。其他编著作品有《北大诗选》（与臧棣合编）《戈麦诗全编》《先锋诗歌档案》《访问中国诗歌》《经典阅读书系 · 名家课堂》《骆一禾的诗》《戈麦的诗》等。曾获刘丽安诗歌奖、《十月》文学奖、东荡子诗歌奖等。

在月光下抚摸细小的骨头

在月光下抚摸细小的骨头
它们进出我的身体，像细小的动物
在平原上，组成一段矮小的栅栏
一只肥胖的海豚，自星空落下
被这些小小的鱼叉穿透
但没有一滴血从其中流出，这就是我的
血肉之躯，在月夜所经历的
失败。细小的骨头互相追逐
越过月光的盐碱地，像一群
无依无靠的孩子
在水中奄奄待毙。这是在想象的荒原
细小的骨头排成规矩的方阵
落在我昨日的写字台上，就像
一小片轻盈的月光。

1990. 7. 4

蚂蚁和士兵

在正午的阴影里
我窥视着一列一列的红蚂蚁
整齐地走过发白的灯光球场
就像伟大的罗马军团的士兵
在欧洲的腹地挺进、挥舞明亮的刀剑

在中途，蚂蚁的队伍
遇见了阴影，它们的队形变得零乱
就像罗马的骑兵被一次洪水冲散
越过阴影，它们的队伍复又聚集
他们一直来到非洲的边缘

从中午开始。直到
光线斜射在蚂蚁的身上
它们的队伍变得虚弱不堪
就像中暑的罗马人，光荣变得徒有虚名
帝国的版图收缩到一个矮人的骨架那般大小

蚂蚁的队伍，越过下午四点
匆忙进入了黑夜，我已经预见到
一千年前，罗马军团在沙漠中全军覆没
蚂蚁的行军何其短暂，出现和消失

就在我的一瞥之间，士兵的一生何其短暂
他们的死甚至没有人窥见

1990

但丁：1290，大雪中（之一）

我在旷野独自漂泊多久，在失去你的第一个冬天
这场大雪只为我一个人落下，伸向远方的道路
因而变得更加宽阔而清晰，贝亚特丽契

在旷远的大地上引导我前行，几乎就在地平线尽头
你行走在三千支烛光之上，没有天使紧随
但已足以让我瞻望到天堂的存在，在风雪之上

死亡使永恒有了一个相称的开始
一场大雪，它在我的内心会持续得更久
它的锋刃一直指向明天，我对自己说：

但丁，你要圣洁地生活，在意大利
它正是神的启示，我的内心因此格外紧张
就像在红色帷幕内部，此刻正酝酿伟大的剧情

整整一个冬天，我仿佛走入一颗密封的心脏
在生长的雪地中，贝亚特丽契，我一生的事业
正在完美地呈现

1990. 9

但丁：1290，大雪中（之二）

当一场大雪把我密封在它的内部
我再也走不到冬天的尽头，它只在时间中证明
一种期待的方向，引导我在旷野中继续前行
在遥远的地中海，伊阿宋和他的船员们

走向归程，阿尔戈斯号满载着金羊毛扬起风帆
奥德修斯却被命运引向更加危险的航程
但他们不会比我在一个冬天里走过的路程更加漫长
贝亚特丽契，这是你在意大利的天空下完成的远征

在无垠的雪地中，我失去了记忆
我的心变得像这冬天一样圣洁，在这样的时刻
我重新获得了祈祷的能力，跪倒在你的面前
我觉得有一面孤独的旗帜，一直在意识的深处飘动

它在洁白的时辰中上升，一直飘向白昼结束的地方
在苍茫黄昏，辽阔大地上积雪初霁
但我不会失去你的引导：那些光辉的星辰
正在把我引向一个严峻的高度，此刻

我来到了世界神秘的诞生之地，在那里
时间不再被机械的指针分割，过去和未来联姻
诞生了崭新的生命，伴随着巨大的风暴

我的精神正越来越趋向辽阔和无垠：

我在一片晕眩中上升，天堂的大门
第一次为人类中的一个打开，一种永恒
正在神秘的沉默中悄然透露，贝亚特丽契
让我跟随你，一直抵达上帝的心灵

1990. 9. 4

但丁：1321，阿尔卑斯山巅

在阿尔卑斯山巅，我看见了远方
死神的马车，闪着故乡和波河的光
我一直梦见佛罗伦萨，沐浴在阿波罗的恩泽中
昨夜我完成了神曲的最后一章
凌晨我偶感风寒，神的启示再一次临到我
我恍悟我一直在努力接近死亡
我的一生只有一个可称之为伟大的目标：
在欧洲的最高处死去。现在我达到了，领悟了
却感到空虚，贝亚特丽契的灯
已经在我的内心熄灭，但我知道
人类中那些最杰出者将重蹈我的覆辙
这给我安慰，我在阿尔卑斯山巅微笑
就像阳光下一座白发苍苍的雪峰

1990. 10

雪景中的柏拉图

在空旷的旷野上下着，这盼望已久的安慰
在柏拉图的旅行中带来短暂的欢欣，就像
阿尔戈船从海上带回波塞冬寒冷的浪花
在他的头脑中，有更好的雪，中国的雪

在科林斯的天空下，和柏拉图骤然相遇
它从庭院的梅花带来问候，人们没有看见
因为人们不够孤单。它来自最高的信仰
这众神的使者，不会在阳光下羞怯地逃遁

更多的雪落下。这孤独的问候
没有人能够拒绝：它问候的是柏拉图的内心
背向阳光的树枝在那里已悄悄生长多年
这问候还会在明天持续。还会持续多年。

在图书馆阴暗的天井里，这古代严峻的大师
眺望着逝者的星空，预见到两千年后
美洲的一场雪、一次火灾，以及我们
微不足道的爱情，预见到理想国的大厦在革命中倾覆

但现在时光已教会他沉默，柏拉图和他的雪
在书卷里继续生存，充满了智慧和善意
这时是否该我抚摸着理想国灰暗的封皮

当我深夜从地铁车站步行回家，遇见柏拉图的雪

它劫持着我的想象，在这春天将临的日子
太阳正在向双鱼座走近，这最后的和最早的问候
逼我倾向道德，直到它骤然停住：引导着两只
饥寒交加的麻雀，在我的头颅里寻找粮食

1991. 3. 9

天国之花

——献给戈麦

谁提着木桶，在恒河之滨洗马
谁在希腊的海岸洗涤约柜和银器
谁在约旦河中洗手，洗清了骨头
和一生的艰辛，谁在黎明时分进入耶路撒冷

天堂的云朵在东方闪现，主的荣光在东方闪现
这么多的玫瑰，这么多的心灵，这么多的歌手
这么多幸福的灵魂在云端飞翔和舞蹈
神子的脸庞无比安详，那天界之水无比安静

那会是谁血染银河之水，谁在河上坐到天亮
鹊桥上行走的灵啊，谁在更高处指引
谁见过天堂的秋风和落叶，谁在幸福中独自悲伤
谁的不安惊动了主，谁在独自饮泣吞声

虎和狮，谁提剑在天空漫游
谁在杀戮，谁是主的万钧雷霆
谁的震吼抵达遥远人间，谁是大地和母亲
谁曾在人间独自生活，谁曾在大地之上仰望天堂

蔚蓝晴空无比高远，万人在其中歌唱
花朵的军团，花朵的汪洋，其中灵魂欢乐无边
这是灿烂和锦绣，这是前程和远大

万人在其中复活，遍历炼狱的万丈烈焰

谁珍藏着幸福的云图，谁在天路上独自歌唱
这是艰难和险阻，这是冒险行善和失败
天堂之花披麻戴孝，佩在谁的唇上
谁在中途一命归天，谁两手空空远走他乡

谁曾在良心的床上安睡，谁曾是白云和远游
天堂如此广大而空虚，至高的幸福谁人得享
主的侍女在谁的怀中，谁曾携妻带子
在天界的草地上徜徉，像走上故乡

1992. 1

颐和园里湖观鸦

仿佛所有的树叶一齐飞到天上
仿佛所有黑袍的僧侣在天空
默诵晦暗的经文。我仰头观望
越过湖堤分割的一小片荒凉水面

在这座繁华的皇家园林之西
人迹罕至的一隅，仿佛
专为奉献给这个荒寂的冬日
头顶上盘旋不去的鸦群呼喊着

整整一个下午，我独踞湖岸
我拍掌，看它们从树梢飞起
把阴郁的念头撒满晴空，仿佛
一面面地狱的账单，向人世

索要偿还。它们落下来
像是被生活撕毁的梦想的契约
我知道它们还要在夜晚侵入
我的梦境，要求一篇颂扬黑暗的文字

1994

一个钟表匠人的记忆

诗歌是一种慢
——臧 棣

一

我们在放学路上玩着跳房子游戏
一阵风一样跑过，在拐角处
世界突然停下来碰了我一下
然后，继续加速，把我呆呆地
留在原处。从此我和一个红色的
夏天错过。一个梳羊角辫的童年
散开了。那年冬天我看见她
侧身坐在小学教师的自行车后座上
回来时她戴着大红袖章，在昂扬的
旋律中爬上重型卡车，告别童贞

二

在世界的快和我的慢之间
为观察留下了一个位置。我滞留在
阳台上或一扇窗前，其间换了几次窗户
装修工来了几次，阳台封上了

为观察带来某些不同的参照：
当锣鼓喧闹把我的玩伴分批
送往乡下，街头只剩下沉寂的阳光
仿佛在谋杀的现场，血腥的气味
多年后仍难以消除。仿佛上帝
歇业了，使我和世界产生了短暂的一致

三

几年中她回来过数次，黄昏时
悄悄踅进后门，清晨我刚刚醒来时
匆匆离去。当她的背影从巷口消失
我猛然意识到在我和某些伟大事物
之间，始终有着无法言喻的敌意
很多年我再没见她。而我为了
在快和慢之间楔入一枚理解的钉子
开始热衷于钟表的知识。在街角
出售全城最好的手艺：在我遇上
我的慢之前，那里曾是我童年的后花园

四

在我的顾客中忽然加入了一些熟悉

的脸庞，而她是最后出现的：憔悴、衰老
再一次提醒我快和慢之间的距离
为了安慰多年的心愿，我违反了职业
的习惯，拨慢了上海钻石表的节奏
为什么世界不能再慢一点？我夜夜梦见
分针和秒针迈着芳香的节奏，应和着
一个小学女生的呼吸和心跳。而她是否听到？
玷污了职业的声誉，失去了最令人怀恋
的主顾：我多么愿意拥有一个急速的夜晚！

五

之后我只从记者的镜头里看到她
作为投资人为某座商厦剪彩，出席
颁奖仪式。真如我盗窃的计谋得逞
她在人群中楚楚动人，仿佛在倒放的
镜头中越走越近，随后是我探出舌头
突然在报上看到她死在旅馆的寝床上
死于感情破产和过量的海洛因：
　　　　　　　　　　一个相当表面的解释
我知道她事实上死于透支，死于速度的自我耗竭
但为什么人们总是要求我为他们的
时间加速？为什么从没人要求慢一点？

六

这是我的职业生涯失败的开始
悲伤的海洛因，让我在钟表的嘀嗒声里
闻到生石灰的气味：一个失败的匠人
我无法使人们感谢我慷慨的馈赠
在夏天爬上脚手架的顶端，在秋天
眺望：哪里是红色的童年，哪里又是
苍白的归宿？下午五点钟，在幼稚园
孩子们急速地奔向他们的父母，带着
童贞的快乐和全部的向往：从起点到终点
此刻，我同意把速度加大到无限

1998. 6. 14—17

在黑暗中

——致臧棣

在黑暗中他看起来像一堆
庞然大物，像镇纸一样
把黑暗压在身下。或者说黑暗
像坐垫一样垫在他的屁股下

他在黑暗中静坐的形象，像拿着
一根针，努力把什么东西串起来
他一拽，便有一根线被一下拉直
然后像吐丝一样从里面引出

更多的线。他像一个穿针引线的高手
在黑暗中缝缀一件无缝的天衣
然后他突然跃起，像被黑暗
从椅子上弹起来：他转身走到阳台上

从那里俯视着黑暗。他伸出手
像是从他的体内捧出什么
已经成熟的事物：一下子房内一片光明
他说："我终要给世界贡献出一样东西"

1998. 10. 14

冬日黎明

月亮像一只透明的河虾
带着湿淋淋的印象
从群山的怀抱中挣脱了。
第一声鸡啼，把溪滩上的薄雾
向白天提了提；渐渐显露的河水
像一片活泼的舌头舔进了
静穆的群山脑髓间记忆的矿脉；
它触及了皮肤下另一条隐秘的河流
几乎和我们看见的一模一样，但
更温暖，更适合人性的需要；
令人惊讶的程度，就像我们突然发现
在我们所爱的人身上活着
另一个我们完全陌生的人。

光明在冬日依然坚持拜访我们——
唤醒树上的居民，命令她们
制造出奇异的声响，然后用山风
吹打畜棚的窗棂，使它们
在棚栏内不安地躁动，哞哞叫。
一条通向光明的道路上，走来了
第一个汲水的人，和光明劈面遭遇：
太阳跃上了群山的肩头，抖开
一匹金黄的布匹，像一头狮子

用震吼把秩序强加给山谷。
记忆像河上的薄冰无声地融化了，
我重新拥有这一切，我几乎
哼出了那遗忘已久的歌声，并
用它轻轻唤醒那个始终活在我身上
却拒绝醒来的孩子

1999. 11. 16

树 木

树，巨大的树，天堂的影子
——瓦雷里

树木生长在树林里。
从大地，它们汲取水分
和养料，从天空
它们捕捉阳光和空气。

它们呼吸，并使世界
变得适合我们的需要。
它们开花，吐出大地的秘密；
结果，献出太阳的精华。

粗糙的树皮下流动着
大地的血液。而又有谁
比它们更通晓飞鸟和星辰
的语言？我要向树木致敬，

做一个定居者：让我
卖掉我的自行车，把脚掌
钉在大地上，脱光衣服，
变成一棵枝繁叶茂的大树。

2000. 8. 18

秋歌（之一）

秋天，最后的裸露的乳房，
秋天，最后的异性的光芒，
生存的道路像刀刃一样窄，
月光和最后的雨都是细的。

秋天，天空运送着密云的军团，
秋天，云朵的后面神在读诗，
椅子的靠背磨光后颅的头发，
他起身，我们的天就开始下雨。

秋天，树木的呼吸转暗，影子变长，
而在树木的内部，一把白刃的斧子
敲击着，鼓声咚咚，落叶纷纷，
蝴蝶拉着枯叶的手掉进舞蹈的深渊。

秋天，树木的嘴角渗出血，还穿着裙子，
秋天，满山的枫叶在燃烧，还露着肩膀，
秋天，姑娘的身体在溪水中发抖，还剩爱，
秋天，我们的泪水已干，还剩田野的悲伤。

秋天，这最后的光我已目睹，
秋天呵，我为什么身陷其中？

靠着这最后的光芒，我静静立着，
像一株白桦，像一个裸身的少女。

2000. 9. 14

港　口

他回来了，带着他的百桨巨轮
　那曾使希腊海岸大为惊异的
和爱情的虏获物，美丽的海伦
　而她将使特洛伊的神祇惊叹
港口像星期天一样忙碌，船员们
彼此招呼着，把他们从墨涅拉俄斯
宫中运回的财宝，搬上亚洲的海岸

卡桑得拉，只有你一个人看见
　那新人赤裸双脚，身披烈火
她黑色的裙子忍受海风的吹打
　像盲目的蝙蝠。她走下舷梯
巨大的落日在她的肩上轰响着
沉入海水。紧接着，黑夜迅速
降临，那悲哀、恐惧、寒冷的夜

2001. 10. 28

如果你不懂大海的蔚蓝*

如果你不懂大海的蔚蓝
天空不会下雨；如果天空下雨
你不会伸出双手承接雨水
少女的双脚不会踢掉风暴的舞鞋

如果你不懂大海的蔚蓝
你不会记得天下的盐和玫瑰
也不会懂大地上劳作的苦难
落日燃烧以后梦境的荒凉

如果你不懂大海的蔚蓝
海底的闹钟就会不断地响
丁零零，丁零零，丁零零
和尚丢失袈裟，神仙失去睡眠

如果你不懂大海的蔚蓝
思想渐渐生病，未来连续失去
我们忘记相爱；如果我们相爱
昏睡的血液也不会激动如大海

2010．3．22北京尘暴中

* 用池凌云题。

雾霾隐去了……

——康德阅读笔记之三

雾霾隐去了我们头顶的星空，
心中的道德律也渐渐模糊，
你怎么也记不住一张亲人的脸。
好些年，人们在口罩里呼吸

在口罩里谈话，在口罩里咽下
乌黑的痰，吐出沉默的树枝，
在口罩里做爱。大街上趴满
熄火的汽车，霾的卵一层一层

落下来，就像末日的庞贝。
人们匆匆撤离。撤往哪里？
出发之地早已把初衷掩埋。

更多的黑暗，从肺叶升起；
烧化的纸钱，零落道德之夜，
返身拥抱我们内心的寒冷……

2014. 11. 22送寒衣之夜

纪念大陆南端的一次旅途

进入黑暗。这突出大陆的海岬
被茫茫的黑暗之海包裹。热风吹着
我们像四个摸索世界的盲孩子
触到了夜之神经，那四根柔软的弦。
谈话是黑暗中不断到来的光
弹奏着唯一的不伤心。
大地尽头，我们眼中的天使在弦上亮起来。

在旷野，我们寻找中秋前夕的将满之月。
我们落下的城市、河流、船舶和港口
做了黑暗国王的驯顺公主
抱着黑枕头睡去。明天的月亮移过海峡
吊升起我们的未满之心，像巨大的醒。
哦，这日历上多出的一夜，把我们变成自身的例外。

有人在黑暗中赌气说：让万物沉睡
让黑暗永无尽头，让速度比慢更慢一点。
另一个回答：黎明前，我们撵不上天风的回头路。
而没有吱声的那个，在梦里，正赶上一场明亮的海雨。

2015. 9. 29

石漫滩之伤*

一

四十年，一亿吨的水砸中
天空的剧场，死亡不能复述

四十年，死鸟的消息
被刻意遗忘，寒食成为仪式

四十年，天上人依然酣睡
哭声被禁止

四十年，石漫滩测不准它的内伤
我测不准我心底的茫然

二

夤夜抵达，看不见星星
清晨醒来，看不见对岸的山

白鹭隐于白雪
残荷打不动野鸭的心

高速列车消失于大地的速度
从龙泉湖到石漫滩，一段伤心的盲道

三千里雾霾替岁月伤怀
十万双手打不开水的门儿

三

未走之路是未来的机会
被掩埋的记忆不留逃生的出口

音乐、喷泉、水灯
山城的龙之眼含一滴热泪

在石漫滩，仅仅两天
我感到我用完了我的一生

2015. 11. 15

*1975 年 8 月 8 日，河南漯河、驻马店地区发生石漫滩水库、板桥水库等多座水库连珠式溃坝，溺亡十万人，后又因饥饿、疾病死亡十四万余人，总受灾人口达千万人。缘此，当地习俗 8 月 8 日不荤食。

山中笔记

为了理解石头，你必须成为石头；
为了理解天空，你必须成为天空中的一朵云。
山影入怀，泉水之光穿透玻璃的杯壁。
“喝下去，你便拥有山水的性灵，
爱上它，你就变成另一个你。”
越过天门，我们并肩行走于云涛之上。
隐隐地，从山腰传来人间的鸡鸣。

2015. 12. 4

返魂香

——为 Z. R. 而作

瓦垄上，细雨溅起轻烟。
酒帘低垂。酒人飘过石头的桥拱。
在江南，你吻过稻花、米香和波影。
作为隐士，我与你手植的梅花重逢于山阴。

青溪之畔，白鹭借我袅娜；
倏忽往来的游鱼借我无心。
汀步石之上，春风撩乱往生的心绪；
流水映照前身。你呼吸
耕读的麦浪就起伏，白云就出岫，
松涛就沿着山脊的曲线回返。

塔影宛如重来。山水间，
我们一起听过雨的凉亭
此刻无我，也无你。
时光如笙箫，引你我于清空中重觅
前世余音。

2015. 12. 10

无处不在的大海

睡在半空的大海，站上树叶
跳舞的大海，向人群扔出
一阵阵木瓜雨的大海，椰树下
捂脸睡觉的大海，用吸管
从椰子里汲取歌声的大海

乌托邦的大海拍遍大理石栏杆
斧头帮的大海刚刚砍倒一阵
叛乱的风。哭泣的大海，撕碎
丝绸睡衣的大海，台风中亮出底牌
苦行僧的大海一辈子默默无语

没收了我的爱情和胰腺的大海
装上画框的大海，伸出闪亮的
银十字架，变成三千云朵的大海
狮子的大海缩小了痉挛的胃
卷入旗帜的大海拨转时代的风向

咬牙的大海，摔门而去的大海
绝壁上玩转体操的大海，大喊三声
永不回头的大海。梦中追上我的
大海，冲上大陆扬言报复的大海
无处不在，迎面掷向我鼻子的大海

2016. 8. 16

杜　涯

1968年出生于河南省许昌县乡村，1987年毕业于许昌地区卫校护士专业。河南大学汉语言文学专业毕业（自学考试）。曾在医院工作10年，1997年离开医院，先后在郑州、北京任图书编辑、杂志社编辑等职。2007年11月底回河南。12岁开始写诗，出版有诗集《风用它明亮的翅膀》《杜涯诗选》《落日与朝霞》。先后获"新世纪十佳青年女诗人"称号、"刘丽安诗歌奖"、《诗探索》年度奖、《扬子江》诗学奖、鲁迅文学奖等。现居许昌市。

秋　天

是谁带来了这场爱情？
一个上午，悬铃木落花一样飘飞
这座城市看起来像个破败的花园

每次我出门都看到了那片树林
我总是走近它，仿佛它是我的命运
仿佛是它使我迅速衰亡

仿佛我就要喊出一个遗忘的地名
比如：“春天”“栗树”“山冈”
或者“风”“流逝”，但这些都不是

街头有一车车的黄花被人买走

像秋天的风声又被我听见：
每次我回转身都看到了那片树林
我总是看着它，我总是喊不出声，仿佛我的爱情

我的衰老的上午
我望不见远处的山
我追赶一车黄花并看着爱情走远

1993. 11. 6

桃　花

最初看见桃花，是在我的幼年
那年春天，父亲和一群大人带着我
去给一个邻村的表哥上坟
走出那个村子，我便看见了
满园的桃花
当时我欢呼一声
一头扎进了桃林
那个上午，我在桃园中兔子一样
穿行着，桃花在我的头顶
开得绚烂而又宁静
猛然，我吃惊地站住
我看见父亲和那群大人
正坐在一座坟前，哀哀地垂泪
一堆纸灰被风吹得
四处飘散，然后像黑色的蝴蝶
消失在桃花间
后来我知道，那座坟中
埋着我的从未谋面的表哥
他在十八岁的那年死于一场疾病
那个春天，我记住了桃花
还有纸灰、坟墓、大人们的泪水
后来我注意到，在我们的村边
也有一片硕大的桃园

每年，桃花都开得异常绚烂
那时，我常坐在门口
看着父亲走在路上
然后消失在桃林的那边
后来父亲死去，桃树也被一棵棵砍掉
如今许多年过去
那个地方不再有桃花开放
而故园的人也已相继老去

1995. 2. 14

我记得那槐花飘落

我记得那槐花飘落
那些槐花从早到晚都在空中纷飞
整整几天了
每当我打开窗户，我便看见了
它们迅速消失的身影

那些低垂的槐树就在房前或者屋后
每次，当我从它们下边走过
槐花静悄悄地落着
我看到白色的花瓣落在地上
这时我感到这个世界有多么寂寞
——特别是在无风的时候

我抬头望着繁花的树冠
那些低垂的花束正一个个
消失不见
这时我想，即使无风
槐花也会没日没夜地飘落
我想一定有一个人
要把它们带走

在后山，在倾斜的坡上
槐花已经落了三天

当我在暮春那温和的风中
跑到槐树下，并抬头仰望：
槐花，它们已在我到来之前
悄无声息地落尽了

1995. 5.

苦楝花紫星星般……

苦楝花紫星星般开满庭院
它们淡淡的香气从树冠上飘起
飘过每一条街面——那些街面
在阳光中有着温暖而寂寥的气息

那些苦楝树也长在村口或者河边
春天当我回到村庄
苦楝花落在我的身上
像童年、夜晚、春天的一次伤害
——那些紫色的小花遽然之间
使我迈不动脚步

啊，多少年了，我不敢提起：
苦楝花落在庭院
苦楝花飘满河面
童年、夜晚、孤独的春天
上午我站在阳光中，看到苦楝花
逐渐、逐渐，落满庭院

像童年的又一次伤害——苦楝花再度
落在庭院
站在树荫下，我看到高大的苦楝树
年复一年，它们盛开、凋谢

年复一年，它们不能把我
带出黑暗

1996. 5. 23

河　流

二十岁的那年春天
我曾去寻找一条河流
一条宽阔的静静流淌的河流
我相信它是我的前生

从童年起我就无数次看见它：
在瞬间的眼前，在梦中
只让我看见它：几秒钟的明亮
然后就渐渐消失了身影

那条大地上的孤独流淌的河流
它曾流过了怎样的月夜、白天？
它曾照耀过哪些山冈、树林、村庄？
又是怎样的年月带走了它，一去不返？

永远消失的光明的河流：我不曾找到
那年春天，我行走在无数条河流的河岸
无数的……然而它们不是逝去的从前：
它们不知道我今生的孤独、黑暗

泛着温暖的微波，静静地流淌
仿佛前生的月光，仿佛故乡
然而却总是瞬间的再现

我无数次的靠近使它始终成为远方

多年的时光已过：从二十岁到这个春天
我看到从那时起我就成为了两个：
一个在世间生活，读书、写作、睡眠
一个至今仍行走在远方的某条河流边

2002. 5. 6

为一对老夫妇而作

王坤峰和王汪氏
我父亲的表兄、表嫂
我称他们为二大爷和二大娘
他们村的小麦春会上
幼年的我第一次到了他们家
那时阴历三月，田野碧绿，万物疯长
他们带我父亲去一片盛开的桃园上坟
他们的唯一的儿子，我的表哥，一个年轻人
数年前病死在了这个欣欣向荣的季节里
他们亲自为儿子摆下了馒头、祭菜
亲自为儿子点燃了纸钱
然后坐在桃树下的地上长哭不起
二大爷和二大娘
在临街的没有院墙的
二间破草房里渐渐老去
除了我家和他们唯一的出嫁的闺女
他们再没别的亲戚
据说他们偶尔坐到街边卖开水
以赚取几个钱看病、买盐
他们年年步行十几里，老夫妇俩
穿过树林，穿过麦地、桥梁、河流
穿过几条长长的乡土路
到我们家走亲戚——

为了人世上的温暖、相聚、亲和力
后来二大爷死去了，二大娘
仍迈着小脚的缓慢的步子
很认真地到我家走亲戚
脸上露出平和的善良的笑意
我从没听见她对什么人抱怨、哭诉
她似乎已和她的命运并肩而行
再后来她老死在了破草房中
我的父亲、兄长赶去，和她女儿女婿一起
把她葬在了她的丈夫和儿子身边
在另一个世界，她终于不再寂寞、无助、孤单
王坤峰和王汪氏
我的二大爷和二大娘
如今已离世多年
他们在世时我年幼无知
至今我不知道，在失去儿子后
老夫妇俩如何度过漫长的秋日和冬日
寒苦的心能否用回忆温暖
而当春天的早晨，桃花盛开
他们打开房门，泪眼恍惚中
会看到谁的身影
已从门外归来

2004. 5. 27

无 限

我曾经去过一些地方
我见过青螺一样的岛屿
东海上如同银色玻璃的月光，后来我
看到大海在正午的阳光下茫茫流淌
我曾走在春暮的豫西山中，山民磨镰、浇麦
蹲在门前，端着海碗，傻傻地望我
我看到油桐花在他们的庭院中
在山坡上正静静飘落
在秦岭，我看到无名的花开了
又落了。我站在繁花下，想它们
一定是为着什么事情
才来到这寂寞人间
我也曾走在数条江河边，两岸村落林立
人民种植，收割，吃饭，生病，老去
河水流去了，他们留下来，做梦，叹息
后来我去到了高原，看到了永不化的雪峰
原始森林在不远处绵延、沉默
我感到心中的泪水开始滴落
那一天我坐在雪峰下，望着天空湛蓝
不知道为什么会去到遥远的雪山
就像以往的岁月中不知道为什么
会去到其他地方
我记得有一年我坐在太行山上

晚风起了，夕阳开始沉落
连绵的群山在薄霭中渐渐隐去
我看到了西天闪耀的星光，接着在我头顶
满天的无边的繁星开始永恒闪烁

2005. 5. 27

偏　远

每年春天，山毛榉都会在那里生长
所有的事物再次被染亮，纯粹
除了浓绿，那里还有柿楸花的白
柞树花的黄和杜鹃花的红
四月，它们寂静地开了，映照着坡面
映照着溪涧，谷地，高冈。这一切
都是臆想：它开或落，它生长之地
几乎不会被人看到，不为谁知晓
我曾数次去过那里，那生长之地
除了寂静的盛开，我还看到了人类
三两个，四五个，或者仅有一人
在山腰的小院进出，劳碌，翻晒柿饼
或独自担着水桶、山果，走下坡谷
有时会有某个人出现在远处的山道上
很快地，被周围的群山、绿树、寂静湮没
只有风吹山林的声音，只有群山的寂然
让人怀疑刚刚的所见：是否影像，是否闪电
我想到了一些词语：穷乡，僻壤，深山
我想说的是：偏远
那是从前，那盛开，那劳作，那沉默
曾让我痛苦，对世间悲观
让我审视，怀疑：生命，以及造物
我是否足够勇敢，相向，深入，承载

我曾想过：留在那生长之地
我曾多次想过：请让我告别现在
告别我的浮泛，名声，语言
告别修辞，事物的准确或谬误
以及风，回忆，老年，遗忘
去到那生长之地
陪着无名，陪着万物的无言
寂默，无闻，顺应造物
让一切都是天然，接受，都是湮没，平静
一切也更不知，更深入，更偏远
在我的浮想里，我多次这样做着
重复着告别和到达。至今
我仍在这样做：放弃，重复，告别，到达
透过距离，透过时间的长臂
我看到了那生长之地，在那里
有一件事情自始至终存在着，呈现并清晰：
四月，鲜花会怒放在四周的群山
蓬勃，洋洒，轰轰烈烈
到了冬天，雪会落在那里
像它落在别处：它落在偏远里
那生长之地，它会成为天堂，梦想
时间的起止，万物的归宿
或者邮址，地名

天然的庄严的城池，肃穆的城邦
或者就是——它本来就是：
世界的中央

2007. 5. 2

高 处

在从前，当我在清晨的熹光中醒来
树木翠绿，紧贴五月的山石
山榉和红桦树的光阴让小兽热爱
而在更高处，山崖陡峭，岩石排列
山峰已将庄严的影子印在青蓝的天空
很快，鸟声渐起，山谷明亮
群峰赛似壮丽，背面的天空
有如南风之家的巨大背景
我开始向高处攀登，五月的翠绿伴着我
一路闻听泉水，清风，鸟声
林木在远处森严，排列
并渐渐移向幽明的山谷
多少次我驻足，向森严和幽明里眺望
被它的绮丽、神秘和幻象诱惑
但我记着那高处：陡峭的山崖，巍峨的山峰
我记得幼年的经验，材料，芬芳，渴念
那是在五月，每当我向高处攀登
青春的荣耀的元素伴我同行
至爱者的面容在万物中隐现
当我望向高处：那万年无声，那缈蓝
在那里，时而触及星辰，满天星光垂挂
时而又峰峦明亮，孔雀的蓝衣铺展闪电
我知道，到达那高处还需要一段路程

而在我的脚下，年华已逝
两旁的树木迅速变换着季节
已然开花，俄而枯黄，继而落雪
许多的年岁已无声逝去了
像星辰在远处悄然黯灭
我知道我必须抛弃一切的形式
抛弃具体、日常，一切的物质、重量、形态
不再关注榆树的概念，生活的意义
我必须和自然的广在一起
和事物的存在、本心一起
现在，那高处依然庄严着天空
树木的青翠又一年伴着我
我必须在远离尘世和欢庆的地方攀爬
不再受景物幽明变幻的诱惑
我必须赶在日暮之前到达
——赶在衰朽与消散之前
因为一切都已如黎明的曙光显现：
到达那里，是到达万有的精神
到达那里，是到达纯粹之乡

2008．3

黄 昏

在黄昏，辽阔的光耀里有我的信任
它分隔大地，像金黄的伤口
而田野，群山，树林，似乎这些
人间失去的，会在那里永恒燃烧

又一天已走过来了
就像这一生已经完成
最后的微风吹着林边的光线：
一切在世界上都被安置，都已完工

只有宇宙的光亮还不曾消逝
在日落的地方，它横亘千里
闪耀：那故乡的影像

只有黄昏是永恒的信任
它保存我今生失去的东西：
树丛，上午，和星星

2009. 4. 10

为某日的夕光而作

我知道一个地方
那是我一直想回去的地方
那是灯中之灯，峰上之峰
我今生的心、今生的精神在那里徘徊、凝望
除了那里我没有别的痛苦
　　没有别的月亮
每一年我都在准备着回去
现在又一天过去了，夕阳滚滚西沉
余晖即将收去它的颜色
我准备好了几件衣物，一些文字和荣誉
看到天边的星光我又停下来了
只是因为浩瀚
只是因为我还没有找到回去的路

2009. 5. 2

发 现

我的夕阳灯火已熄灭了
世界抹去了最后一线昏暝
而在这浩大的熄灭中
我看到在头顶无边的浩瀚里
　在天心青茫的深处
静静地显露出一颗白星
如一个彼在村落伫立在天空中
它闪现着银光、遥远、慈祥
使我相信：源头，温暖，故乡
这些我长久以来失去的
就在那里保存，贮藏

2009. 5. 9

风过林

风带着雨意吹过事物
树林中暗了下来
树林一时微喧，一时又沉寂

幽暗的树林，仿佛一个去处
仿佛是世界上万般事物的中心
幽暗的树林，记忆在那里忽然闪现

那里是世代的更迭，延续，过往
似水流年的无常
那里是言辞开始的地方

2009. 5. 10

第二年

树丛排列，林木宁静
田野像上帝的家园一样丰饶，平坦
蓝蝶花消匿在路边的草丛
秋天的光亮闪动在树上

这是我在乡间的第二年
温存的日光照着我
孩子们在街边玩耍，夜晚时
他们在星光下进入无忧梦乡
而我则被抛进每一个下午，每一个黄昏
在拉长的时光中接受短暂的欢乐，
永恒的忧郁：秋天断然来临

每天，我都看见辽阔的霞光
刺玫果的橙色年华闪耀在墙边
下午我去散步，沿着云朵的边缘
我知道农妇们在屋顶上晾晒食粮
星期天，她们聚集在礼拜堂里祈祷：
主啊，请给我一个安宁的晚年。
屋外，成批的树叶正悄然枯黄
每个下午它们筛落：在屋顶和远处的路上

秋天，宇宙的金黄村落，它曾是

我的梦乡，如今它仍是我的沉陷
如今它有一个发光的内核
当孩子们追逐，农妇们在屋中祈祷
当树叶在每个下午筛落
十月弹奏，风将光亮吹向北方

2011. 10. 4

（注：我因轻度心肌缺血，而在故乡休养了两年时间。）

给母亲

她活着时喜欢清扫残花和落叶
吃素食，穿自己做的粗布衣
每年春天养一窝鸡娃，栽几棵树木
立冬后用白纸贴糊风门和窗户
侧身睡觉时怡然得像个孩童
如今她躺在故乡的河堤旁
在一大片柳树和杨树的浓荫里
坟上开满白雏菊和紫花地丁
有时我去散步，会看到上面有许多
黄粉蝶飞翔，花背鸟在柳荫丛中啼鸣
我说：谢谢你们，陪伴了她的寂静
有时我会梦见她回来家中
给我做饭、开门、叠被、晒衣
拉着我烫伤的手腕细看
她坐在院落里，我站在屋门口
紫楝花盛开在院落上空
光阴中，仿佛她仍健康，我仍芳青……

2012. 10. 2

树　丛

它在那里，像降临在大地上的天使
钟声隐约地在万家房舍上飘荡
它是最后的星宿，还未来得及回返

每年，当五月的草绿陪映着柳暗
树丛总在高处耸立，背依天空
静默，庄严，崇高，如同一座城池

而在八月，阴云常会布满低垂天空
树丛在凉风中轻喧，时而摇动
从容，幽暗，等待着雨和水光

还记得有一年夏天，我是稚弱少年
走在雨后风景浓郁的归乡路上
树丛一路伴着我，还有西天初晴的云霞

一年一年，我总在大地上寻找着树丛
我寻找一个无法归去的地方
我眺望树丛之巅，我眺望千山、星云、浩瀚

常常是这样：当我出门，我便看到树丛
我望着它，而它温和地俯视我，并总是带我
离开：从大地上，从生活的孤独、贫乏、黯淡

不带来食粮，但让我仰视，眺望
并不喂养我，但指向世界、纯粹、宽广
它接纳，安慰，引领，庇护：对于我

我仍会睡眠，劳作，走动，然后望向树丛
我承认：一年一年，我认出了神的面容
在树丛之上，我认出了宇宙那深邃之处的光

2013. 5. 16

春之轻

春天，一个孩子在学校的操场边睡着了
医院的病人在草坪上散着细步
护士们在楼窗处朝他们望着
而纺织厂的女工在抬头时望见了天边的云彩
远处的城河边，柳树又一年绿了
一株挨着一株，柳枝高挑，在风中轻摇

春天，一位老人坐在马路边歇息
她脚边放着青葱的芹菜、蒜苗、鲫鱼
一位中年人在人行道上走着时绊了一下
他扶扶眼镜，继续走向远处的人流
那里的十字路口处，正车水马龙，市声嘈杂
路口旁的紫叶李在浮尘和喧声中向地面飘落了粉红

城外，田野边的沟坎上
一行白杨树笔直地翠绿了
伸向远处的薄雾里，也伸向未知和无名
妇女们坐在油菜地里，交流起春菜和丝巾

而此时，风正吹过城市的上空
一条条的街道上，法桐树簇拥闪亮
轻喧着、婆娑着新绿的叶丛
此时邮电局的职工清点着邮件

此时，一个人正孤独地在城中走着
他身边漂过了救护车、建筑队、弦子、碧桃花

2014. 4. 3

雨中树林

细雨中，我窗前的树林垂落着静默，
一条林中小路现出了天空的一线亮光。

我犹豫地望着树林：以前，我也曾多次在
林边徘徊，被它的幽暗和神秘的温暖诱惑。

我知道那条林中小路：它通向一个幽远无尽处；
此刻它闪现幽微的光亮，好像一个暗切的召唤：

“来，请随我一起走吧，
永远告别，永逝此在！”

我也想永别现在：我已失望。
它也始终不停下它的鞭子、追逐。

而常在此时，清晨的霞光忽然在我心中流淌，
还有纯粹的晨星：它就闪耀在东方的白微处。

就如同此刻：我窗外的树林静默得幽迷，我身后的
万家房舍上，升起了生活的广阔、春树、桐花雨……

我知道树林中有着长久的宁静，温暖也充满、弥漫，
但生活在我身后也同样严肃，它警告：转向我的宽广。

于是，我望向树林和小路：我会随你永别。
但此时，我将面向晨星、霞光、生活的银河系……

2014. 4. 15

后 记

2013年秋天，我和诗人王晓合作编选了一部诗集《落在纸上的雪——当代诗人十二家》，收录了我们阅读经历中印象深刻的欧阳江河、大解、张子选、黄灿然、李南、张执浩、沈苇、雷平阳、陈先发、蓝蓝、杨键、大卫的代表作和新作。该书出版后，一些读者通过各种途径传来令我们欣慰的信息，有的读者甚至直接告诉我们，《落在纸上的雪》是他们最喜欢的当代诗歌选本。这样的鼓励给了我继续编选“当代诗人十二家”的信心和勇气。

这本《在夜晚的高原上》就是“当代诗人十二家”系列的续编，收录了于坚、王小妮、王家新、汤养宗、陈东东、李元胜、娜夜、小海、胡弦、池凌云、西渡、杜涯的代表作。这12位诗人均有20年以上的“诗龄”，成就卓著，是朦胧诗之后中国诗歌创作的当之无愧的中坚力量。书名来自于坚的诗歌《一只乌鸦站在夜晚的高原上》，我们希望诗人能与奔往物质的人潮区别开来，做一只特立独行的“乌鸦”。

时下诗歌选本繁多，各有侧重，大部分选本都有夺人眼目的名称，如“排行榜”“经典”“最佳”“好诗歌”“精选”，等等，“当代诗人十二家”这样一个普通的短语似乎注定无法引起读者更多的关注，而我一意孤行地采用这个标签，主要是想借此进行一些尝试。编选之初，我给自己定下了这样一个原则：所选的作品除了要具有较高的艺术性、现场性和前瞻性，还必须兼具资料参考价值和研究价值。也就是说，它们应该是作者各个时期的代表作。同时，本选本还特别注意收录一些作者很珍视但还未获得诗界足够重视的作品。我们相信，真正优秀的作品不会为时代所囿，即使暂时未能赢得大多数人的关注，但最终会像金子一样闪光。

源于这样一个标准，我拟定了本书的编选程序：首先，编者综合自己的阅读印象和读者推荐，在全国范围内确定 12 位优秀的在世诗人，请每位诗人提供 40 首他们各个阶段最优秀的代表作；然后，编者对诗人提交的作品反复审读、斟酌，删掉编者认为不够重要的部分作品；最后，编者根据自己的阅读经验，向作者提供一些未被诗人选入的佳作，并将其补充进去。因此，可以说这完全是一部体现编者艺术眼光和个人趣味的选本，其中得失，均由编者个人负责。

12 位诗人，风格各异，将他们这样硬生生地“凑”到一起，在某些内行人眼里，可能会显得有些杂乱，因为传统选本的特征就在于“分门别类”，要么按地域，要么按风格，要么按题材，或者按民族、按性别。但我却觉得这些所谓的标准，在好诗面前不值一提，我毫不怀疑这些感动过我的作品，将会感动那些和我一样的读者。作家写作以及读者读书的目的，不就是为了寻找同类吗？

刘　春

2016.11.19